中公文庫

少女Aの殺人

今邑　彩

中央公論新社

目次

ＤＴＰ　嵐下英治

少女Ａの殺人

少　女

もうすぐ午前一時になろうとしていた。

少女は素早くパジャマに着替えると、部屋の電気を消して、ベッドの中にもぐりこんだ。

腹ばいになって、掛け布団を頭からすっぽり被《かぶ》り、枕元《まくらもと》のスタンドの明かりを点《つ》ける。小さなラジオを引き寄せて、スイッチをオンにした。

途端に、「ミッドナイト・ジャパン」の軽快なオープニングミュージックが耳元で炸裂《さくれつ》した。少女は慌ててボリュームのつまみを探って音を小さくした。

ジャズ風のミュージックに重なって、低く落ち着いた女性の声が心地よく少女の耳に流れこんできた。

少女は、木曜日のパーソナリティである、この新谷《しんたに》という女性の声が好きだった。

他の女性パーソナリティの声は、どれも甲高くてキャンキャンと騒々しいか、コテコテに盛り付けたパフェのように変に甘ったるいかどちらかだった。

そんな中で、彼女の声だけが、少しさめた感じのするアルトで、話しぶりもニュースでも読むように淡々としていて、素っ気ないくらいだったが、聴き手に媚《こ》びたところのないその声が少女には気持ちが良かった。

彼女の声を聴いていると、洗いたての真っ白なシーツにくるまれたような気分になる。石鹼《せっけん》と日向《ひなた》の匂《にお》いがする清潔なシーツのような声。淡々としているくせに、どこか懐かしいような気分にさせる声。自分だけに話しかけてくれているような錯覚を起こさせる不思議な声。

少女は深夜放送を聴きはじめてから、いつしか、こんな不思議な声の虜《とりこ》になっていた。

「のっけからお葉書を紹介するね。『新谷さん。こんばんは』、はい、こんばんは。『わたしは、都立の高校に通う女子高生です。最近、わたし、あることですっごく悩んでいるんです。新谷さんに相談に乗って貰《もら》いたいんです。実は、わたしには、K子という、幼稚園の頃から仲よしだった、大の親友がいるんですが――』」

新谷はいつもの投げやりな調子で葉書を読みはじめた。掛け布団を被ったまま、少女も耳をすませる。布団を被っているせいか、額にはじんわりと汗をかいていた。

葉書の内容は、ようするに、そのK子という親友が付き合っている男子生徒から、ある日突然、「きみの方が好きだ」と告白され、友情と恋の板挟みになって、夜も眠れないほど悩んでいるという、なんともありきたりな相談だった。

少女は鼻に小皺《こじわ》を寄せて、ふんと嗤《わら》った。「『U君たら、K子と別れるから、付き合ってくれなんて言うんです』なんか、相談というよりものろけみたいですな。『でも、わたし、そんなことできません。大の親友のK子を裏切るなんて、わたしにはとても。でも、U君のことはわたしも好きだし……。今、K子に隠れて、U君とこっそり付き合ってるんです。でも、罪悪感でいっぱいです。新谷さん、わたし、一体どうしたらいいんでしょうか。教えてください』埼玉県浦和市、匿名希望の吉川《よしかわ》かおりさんからでした」

少女はくすっと笑った。葉書の内容がつまらないとき、新谷は、よく「匿名希望」という断り書きを無視することがあった。眉《まゆ》をつりあげて、いかにもつまらなそうな顔で、「吉川かおり」からの葉書を指さきでつまんでいる新谷の顔が目に見えるようだった。

きっと彼女は頬杖《ほおづえ》をついて、退屈そうにあくびをかみ殺しているのだろう。

「どうしたらいいかって言われても困ったね。そのままK子に隠れて付き合っていればいいんじゃないの。ばれたら、厭《いや》でも決着がつくんじゃない。友情が残るか、恋が残るか。あるいはどちらも残らないか——では、音楽にいきます。曲は、マット・デニスのマイ・ブルー・ヘヴン」

音楽がかかった。少女は唇を歪《ゆが》めて、声には出さずにもう一度嗤った。ばかばかしい。こんなつまらないことで眠れないほど悩んでるなんて。どうせ相手の男なんて、にきび面の青臭い高校生なんだろう。睡眠時間をけずってまで悩むほどのことじゃない。

夜も眠れないほど悩むって言うのは——

頭の中でブツブツ独り言を言っていた少女の身体《からだ》がふいに強張《こわば》った。階下の部屋のドアがバタンと閉まったような音がした。ラジオのボリュームをさらに下げた。全身を耳にする。

階段のみしみしと鳴る音。誰かが足音を忍ばせて上ってきたような……。誰かといっても、今この家にはあいつと少女しかいなかった。

あいつだ。またあいつがやってきた。

少女はスタンドの明かりを消した。ラジオのスイッチも切った。部屋はふいに闇《やみ》と静寂に包まれた。少女は仰向けになって、頭から掛け布団を被る。じっと息を殺していた。

階段の鳴る音がやんだ。引きずるようなスリッパの音が近付いてくる。お願い。そのまま通り過ぎて。あたしの部屋の前で止まらないで。

少女はかたく目をとじて、そう祈った。掛け布団の縁を握り締めた、両の掌がじっとりと汗ばんでいた。

しかし、スリッパの音は部屋の前まで来るとピタリと止まった。

あいつがいる。ドアの向こうにあいつの気配が。

かすかにドアをノックする音。少女はその音を無視した。眠っている振りをしよう。そうすれば、あいつはあきらめて帰っていくかもしれない。

少女はそう思って、返事もせずにじっとベッドの中で手足を胎児のように縮めていた。

カチャリとノブを回す音がした。少女は絶望的な気分でその音を聞いた。内鍵《うちかぎ》をつけるのを禁じられた部屋のドアがかすかな軋《きし》みをたてて開かれた。入ってくるつもりだ。

少女はあいつの気が変わるようにと必死に神様にお祈りした。

闇の中で少女の名前が呼ばれた。しゃがれた猫撫《ねこな》で声。ぞっとするような男の声が、少女のうなじを千匹の毛虫のように這《は》いあがった。

少女は応えなかった。冷汗を身体中にかきながら、偽りの寝息をたてた。

闇の中であいつが何かにつまずいたような、ガタンという音。ちっと鋭い舌打ちが聞こえた。止まっていた空気がかすかにゆらいで、熟した柿のような臭いが少女の鼻孔を打った。

またお酒を飲んでいるんだ。

少女は寝返りを打って、その臭いから逃れようとした。あいつはベッドの足元で何かごそごそやっていた。

少女はもう少しで悲鳴をあげそうになった。足元の布団がめくられて、生暖かい男の手が、少女の裸の足首をつかんだからだ。

それでも少女は歯をかみしめて叫び声をこらえていた。眠っている振りを続けていた。あいつの手はそろそろと少女の足首から脛《はぎ》へと、撫で回しながら這いあがってきた。

そのぞっとするような感触。

あいつは少女の名前を呪文《じゅもん》のように呼び続けていた。

「……ちゃん、可愛《かわい》い。可愛い」

やがて、その声は少女の耳元でささやかれた。窒息しそうな酒臭い息とともに。

「好きだよ。愛しているよ」

馬鹿のひとつおぼえのように、そうささやきながら、あいつは、滑らかな少女の頬にざらざらとした自分の頬を押し付けこすりつけた。

もう何度も繰り返された夜の儀式。はじめてのときの衝撃こそ薄らいだとはいえ、少女がけっして慣れることのない闇の儀式がまたはじまろうとしていた。

あいつの手がもどかしそうに、少女のパジャマのボタンをはずしていくのを、少女は声には出さず、ただ身体を折り曲げることで避けようとしていた。

そうだ。このことを手紙に書いて、新谷に送ったらどうだろう。新谷はわたしの手紙を読んでくれるだろうか。

少女は闇の中で目尻《めじり》から屈辱の涙を流しながら、ふと考えた。

あいつが毎晩のようにわたしのベッドに入ってくるんです。そして、本当は妻としなければいけないことを、わたしとしようとするんです。あいつが――わたしの養父《ちち》が。

第一章　殺すかもしれません

1

いつのまにかうとうとしてしまったらしい。

机の表面におでこをしたたか打ち付けた衝撃で、脇坂一郎《わきさかいちろう》ははっと目を覚ますと、目をこすりながら、机の上の置き時計を見た。時刻はすでに木曜日の午前一時を回っていた。

しまった。もうはじまっている。

脇坂は慌てて手元のラジカセのスイッチを入れた。

とたんに流れてきた軽快なジャズ風のミュージックには聴きおぼえがある。確か、「A列車で行こう」とか言う曲ではなかったか。今から十三年近くも昔、脇坂がまだ高校生だった頃、こんなオープニングミュージックではじまる「ミッドナイト・ジャパン」という番組を聴いていたことを思い出した。

試験勉強の孤独に耐え兼ねて、何気なくつけたラジオから流れてきたディスク・ジョッキーの軽快なおしゃべりと音楽には、ずいぶんと慰められた記憶がある。

あの頃とオープニングミュージックは変わってはいなかった。十三年以上も続いているところを見ると、よほど根強い人気がある番組なのだろう。

それにしても音楽の力は偉大だ。聴きおぼえのあるジャズナンバーに刺激された彼の脳裏を、青春時代のあれやこれやが、走馬灯のように一瞬にして駆け巡った。

「こんばんは。それともおはようかな」

オープニングミュージックをバックに、低い女性の声が流れた。

その声を聴くと、不覚にも涙が出そうになった。胸の奥がきゅんと締め付けられる思いがした。

「新谷可南《かな》のミッドナイト・ジャパン。今日も朝までおつきあいのほどを――」

ちょっと素っ気ないような、それでいて妙に耳に心地よいアルトの声。

益田可南子《ますだかなこ》。

声だけはあの頃と変わっていないな。

脇坂は小さく口に出してつぶやいてみた。

三次会までねばって、今は新谷可南と名乗っている益田可南子が来るのを待っていた先日の同窓会のことを思い出した。結局彼女は現れず、がっかりして帰ってきた土曜日の夜——

新谷可南のおしゃべりを聴きながら、脇坂は机を離れると、傍らのベッドに横たわり、仰向けになって両腕を頭の後ろで組んだ。

「さて、ここで音楽にいく前に、『F女学院一年の少女A』さんからのお手紙を紹介しようね——」

寝転んでいた脇坂はがばと跳ね起きた。

F女学院？

まさか。

「『新谷さん、こんばんは』はい、こんばんは。『わたしは都内の某私立女子校に通う女子高生です。名前は言えません。新谷さんはいつも匿名の葉書や手紙は読まない。匿名にして欲しければ、実名のあとに匿名希望と書いておけと言っていますね。でも、わたしにはどうしても名前を明かすことができません。だって、ミッドナイト・ジャパンはうちの学校でも人気があって、友達もみんな聴いているからです。とりわけ、うちの学校には新谷さんのファンが多いから、木曜日は聴いている人が多いんです。

わたしはわたしの秘密を新谷さんに打ち明けたいと思っていますが、学校の友達には絶対に知られたくないのです。だから匿名でこんな手紙を書くことを許してください』まあ、いいけどね」

新谷の素っ気ない声と、バサリと便箋《びんせん》をめくったような音がした。

脇坂は全身を耳にして聴いていた。このF女学院というのは、まさか芙蓉《ふよう》女学院ではあるまいか。芙蓉女学院といえば、彼が今勤めている女子校だった。

高校時代の同級生である益田可南子の声が聴きたくてつけたラジオから、まさか自分が教鞭《きょうべん》を取っている学校の生徒の告白を聴くはめになるとは思わなかった。その偶然の成り行きに脇坂はいささか唖然《あぜん》としていた。

「『今、わたしにはとても悩んでいることがあります。それは学校のことでもボーイフレンドのことでもありません。父のことです。父といっても実の父親ではありません。養父なんです。養母が亡くなって、わたしは今養父と二人暮らしです。養母が亡くなるまでは、優しくて尊敬のできる養父だったのですが、二人きりで暮らすようになってから、様子がおかしくなりました。なんとなくわたしを見る目付きが変だし、わたしがお風呂《ふろ》に入っているときに限って、用もないのに、お風呂場にやってきてはウロウロするようになったのです。

それだけじゃありません。夜になると、わたしの部屋にやってきて、小さくノックするんです。寝た振りをしていると勝手に中に入ってきます。内鍵をつけたいんだけれど、養父はそれを許してくれません。鍵なんかつけたら、部屋の中でわたしが親に隠れて何か悪いことをすると言って、つけさせてくれないんです。でも、そんなのは嘘《うそ》です。本当は、自分がわたしの部屋に自由に出入りしたいから鍵をつけられたら困るのです。養父は私の部屋に入ってくると、わたしを、「可愛い。愛してる」などと口ばしりながら、抱き締めたり、頰ずりしたり、身体中を触ったりします。わたしは吐き気がするほど嫌で嫌でたまらないんですけれど、どうしようもありません。養父に「やめて」とも言えません。そんなことを言ったら、養父は怒って、わたしを家から追い出してしまうかもしれません。今の家から追い出されたら、わたしには行くところがありません。それに、わたしには将来どうしてもなりたい職業があります。それには、大学を出なければなりません。養父はわたしが良い子にしていれば、大学まで出してやると言っています。もし、わたしが言うことをきかなければ、彼は約束を守ってくれないでしょう。仕方がないので、じっと寝た振りをして我慢してます』」なんて奴だ。脇坂は思わず声に出して罵《ののし》った。拳《こぶし》で枕をたたいた。

養父という立場を利用して、十六やそこらの少女にこんなことをする奴がいるなんて。しかも、こんな恥知らずの養父を持った生徒が、自分の勤める芙蓉女学院にいるというのだ。脇坂は少なからずショックを受けていた。

それでも、そんな脇坂の思惑などおかまいなしで、新谷可南の声は淡々と続いた。

「『でも、わたしにも我慢の限界があります。黙っていいなりになっていたらいい気になって、養父の行為はどんどん厚かましくなってきたのです。最近では男の人が妻とするはずのことを、わたしに要求するようになりました。「お父さんはお母さんが死んでしまって寂しくてたまらない。おまえが、お母さんの代わりにお父さんを慰めておくれ」なんて言うんです。養父とあれ以上のことをするのは絶対に嫌です。それだけは死んでも嫌です。今日は生理日だからとか、身体の具合が悪いとか言って一日のばしにしていますが、いつまで自分を守れるか分かりません。もし、養父が暴力でわたしを征服するようなことがあれば、わたしは自殺するか、養父を殺してしまうかもしれません。新谷さん。わたしはどうしたらいいのでしょうか。こんな家はすぐにでも出ていくべきでしょうか。でも、わたしには身を寄せる親戚《しんせき》もないのです……』」

新谷の声が途切れた。手紙がそこで終わったことを示すような沈黙があった。新谷も手紙の内容の深刻さに、何を言っていいのかわからないのかもしれない、と脇坂は思った。

「うーん。これは参ったね。それにしても、とんでもない野郎だね、この養父というやつは。何が『お母さんの代わりに慰めておくれ』だよ。あたしだったら、『甘ったれるんじゃねえ』ってぶっとばしてやるとこだよ。もっとも、こんな野郎、ぶっとばしたところで、事態は解決しないだろうけどさ。少女Aさんにとって最善の方法はなにか。みんなで考えてみようよ。では、それを考える間にミュージックを。曲は、なつかしいところで、五輪真弓《いつわまゆみ》の『少女』――」

こんな手紙のあとには、抜群の選曲だと脇坂は思った。

あたたかい陽のあたる真冬の縁側に
少女はひとりで
ぼんやりと座ってた……。

昔なんども聴いたことのある、懐かしい歌声が静かに流れた。

つもった白い雪が
だんだんとけていくのを
悲しそうに見ていたの
夢が大きな音をたてて崩れてしまったの……。

2

遠いところで何か鳴っていた。

脇坂一郎はルルルという機械音を夢の中で聴いている。

電話だ。

電話が鳴っている。

うーん。うるさいな。早く、誰か出ればいいのに。母さん、電話が鳴ってるよ。早く出てよ——そう声に出して言おうとしたとき、はっと目が覚めた。

高校時代の夢を見ていた。田舎の実家にいる夢を見ていたのだ。

脇坂はぽっかりと目を開けた。窓の外がようやく白みかけている。目をこすりながら、時計を見た。朝の六時を少し回ったところだった。ぼそぼそと話し声がする。見ると、ラジオがつけっぱなしになっていた。新谷可南がDJを務める深夜放送を聴きながら、そのまま眠ってしまったらしい。しかし、電話の音はこのラジオからではない。

明らかにこの部屋の電話が鳴っている。

誰だよ。こんな朝っぱらから。

脇坂は渋々ベッドから起き上がった。パジャマは着ていなかった。

「もしもし——」

ダイニングルームに置いた電話を取ると、脇坂は生あくびをしながら言った。

「脇坂君？」

女の声だった。

脇坂クン？

誰だ。

なんとなく聴きおぼえのある声のような気がしたが、誰の声だか思い出せない。

「あの、どなたですか」

「あたし」

あたし？

「あの……」

あたしと言われてもね。

「分からない？」

聴きおぼえのある声ではある。脇坂という彼の姓を呼んだところをみると、間違い電話の類《たぐ》いではないらしいし。

「十一年ぶりだものね。分からなくても無理ないか」

十一年ぶり？

脇坂の頭が水でもかけられたようにシャンとなった。

まさか、この声。この、ちょっと素っ気ないような、女にしては低いアルトの声は
――

彼女？

まさかね。おれは夢の続きでも見ているのだろうか。

「益田よ。益田可南子。ほら、高校のとき一緒だった」

「ま――」と言ったきり、声が出なかった。

やっぱり彼女だ。

「まだ思い出さない？　一年のとき、席が隣だったじゃない」

思い出せないわけではない。そもそも忘れたことなどないのだから、思い出すもへったくれもあるまい。ただ、こんな朝っぱら、しかもあまりにも突然だったので、びっくり仰天してしまって、声が出てこないだけだった。

「益田君？」

ようやく声が出た。

「やっと思い出してくれたみたいね」

低い笑い声がした。

「お、思い出すもなにも、さっきまできみの声、聴いてたんだよ」

「あら。あれ、聴いててくれたの」

今度は彼女の方が少し驚いたようだった。

「千田《せんだ》にきみのこと聞いてさ。この前の土曜に田舎で同窓会あったんだ。そのとき、きみが新谷可南って芸名でミッドナイト・ジャパンのディスク・ジョッキーやってるって聞いて――」

「同窓会、出たの」

「あ、うん」

「なんだ。あなたが出るって知ってたら、あたしも行けばよかった」

え。今のはどういう意味だ。脇坂はうろたえながら、右手に握っていた受話器を左手に持ちかえた。掌に汗をかいていた。

「きみは来てなかったね」

「千田君には行くって返事しちゃったんだけどね」

だから、おれは今まで出たこともない同窓会に出ようという気になったんだ。千田からきみが来るって聞いたから。

「直前で都合が悪くなって行けなかった」

「そうか」

「なつかしいね。卒業以来、一度も会ってないじゃない。元気？」

「まあね」

「ねえ、一度、会わない？」

「え」

「なにも同窓会なんか待つことないよ。お互い、こうして同じ東京にいるんだから」

「いいけど――」

そういうことをわざわざ言うために、益田可南子、いや新谷可南はこんな時間に突然電話をかけてきたのだろうか。

「あ、ねえ、もしかして寝てた？」

彼女はようやく気が付いたように、少し後ろめたそうな声を出した。

「え、ええまあ」

「あたしの方は仕事明けで、これからうちへ帰って寝ようかってところだったもんだから。起こしちゃってごめんね。さっき、千田君にも電話して怒られちゃった。朝からつまんないことで起こすなって」

「千田に電話したの？」

「うん。あなたの電話番号聞くためにね」

「………」

「脇坂君の東京の電話番号教えてよって言ったら、そんなもんは脇坂に電話して聞けってどなられたわ」

彼女の笑い声が聞こえた。

「なんで――」

声が掠《かす》れた。

「え？」

「なんで、おれの電話番号なんか」

「ああ、それ。あのさ、あなたにちょっとたずねたいことがあったのよ。それで」

「たずねたいことって？」

「あなた、女子校の教師やってるって本当？　千田君から前に聞いたんだけど」

「うん」

「芙蓉女学院？」

「ああ。世界史教えてる」

「高等部よね？」

「ああ」

もしかしたら――

脇坂の頭に、新谷可南がなぜ唐突に自分のところに電話をかけてきたのか、その理由がひらめいた。

「世界史って、一年も教える？」

「いや、二年の専攻だから――」

「じゃ、あなたに聞いても無駄かしらね」

可南は溜息《ためいき》まじりの声でそう言った。

「なんのこと？」

見当はつきはじめていたが、脇坂はしらっぱくれて聞いてみた。

「あたしの放送、聴いたって言ってたよね」

「途中までだけど」

「それなら、あれも聴いたでしょ」

「あれ？」

「オープニングのところで読んだから」

やっぱり、あれか。

「あの、少女Aの手紙？」

「そうよ。あれ、聴いたでしょ」

「うん……」

「だったら、話が早いわ。手紙にはF女学院ってイニシャルで書いてあったけど、あたし、あれは芙蓉女学院じゃないかと思うんだよね。それでね、あの匿名の手紙を誰が出したのか、知りたいのよ。芙蓉女学院の教師をしているあなたなら、分かるかもしれないと思って」

「でも、さっき言ったように、おれは二年しか受け持ってないから」

「そうねえ……」

思案するような彼女の声。

「それとなく調べることできないかしら?」

「調べる?」

「少女Aの正体よ。あの手紙から察するに、芙蓉女学院高等部の一年生で、養母がなくなって、今は養父と二人暮らしという生徒なのよ。この条件にあてはまる生徒はそう何人もいないんじゃない。たとえば、一年の担任にそれとなく当たってみるとか――」

「ちょっと待てよ。そんなこと調べてどうするんだ」

「どうするって、脇坂君、あなた、気にならない? もし、あの手紙に書いてあることが本当だとしたら、放ってはおけないじゃない」

「本当だとしたらね。でも、きみに手紙を読んで貰うために、でたらめを書いたとも考えられないか。ああいうちょっと過激なことを書けば、自分の書いたものが読まれるかもしれないと思って――」

「もちろん、その可能性もあるわ。だから、それを調べて欲しいのよ。もし、芙蓉女学院の高等部に通う一年生で、あの手紙にあったような境遇の生徒がいなければ、あれはガセということになる。でも、もし一人でもいれば――」

「………」

「無理かしら」

「無理ということはないと思うけど」

「少女Aはもしものことがあったら、自殺するか、養父を殺してしまうかもしれないと書いてきたのよ。このまま放っておいていいと思う？　誰にも知られたくないから匿名にしたと言いながら、それとなく学校名と学年だけは書いてきたわ。悪戯《いたずら》かもしれないけど、誰かに助けを求めているような気がしてならないのよ……」

「わかった。おれもあの放送聴いて、ちょっと気になってたんだ。調べてみるよ」

「本当？」

可南は嬉《うれ》しそうな声で言った。

「今日、学校へ行ったら、さっそく調べてみる」

「お願い。あ、それと、教師たちには、あの手紙の件はできるだけ伏せておいた方がいいと思う」

「わかってる」

「ごめんね。いきなり電話かけてこんなこと頼んで」

「いや、いいんだよ――」

どういう用件だろうと、きみから電話貰えて嬉しかったよ。そんな言葉が喉《のど》もとまでこみあげてきたが、口に出して言うことはできなかった。

「それじゃ、分かったらうちに電話くれる？」

「いいけど」

「今住んでるマンションの番号言うから」

「あ、待って」

脇坂は慌てて、メモとボールペンを用意した。

「どうぞ」

受話器を肩に挟んで言う。

可南はすらすらと数字を言った。

「じゃ、電話待ってるから」

「ああ」

チンと言って電話が切れた。切れる直前に可南は何か早口でつぶやいた。脇坂はそれを信じられない思いで聞いた。

電話が切れたあとも、すぐに受話器を置くことができず、しばらく、じっとそれを見詰めていた。

彼女は本当に言ったのだろうか。早口でよく聞き取れなかったが……。

「あなたにずっと会いたかったのよ、あたし」

低いつぶやきは、たしかにそう聞こえた。

3

「花井《はない》先生、ちょっと」

その日の昼休みだった。職員室で遅い昼食をとっていた脇坂一郎は、「どうぞ」といってお茶の入った湯呑《ゆのみ》を机に置いていった女性教師を慌てて呼びとめた。

「何か?」

花井恭子《きょうこ》は笑みを湛《たた》えた表情で振り向いた。花井はこの女子校に勤めて二十年という、ベテランの英語教師である。一年三組の担任でもあった。

この女教師に聞けば、例の『少女A』について何か分かるかもしれない、と脇坂は咄嗟《とっさ》に判断した。幸い、周りにはあまり人気がなかった。

「あの、つかぬことを伺いますが――」

脇坂は椅子《いす》から半ば腰を浮かしかけた。

「何でしょう？」

花井は縁なし眼鏡をかけた丸顔を小鳩のようにかしげた。

「先生のクラスにですね、母親がなくなって、父親と二人暮らしという生徒はいませんか」

「は？」

どう切り出したものかと思案しながら、とりあえずそうたずねてみた。

花井は何を言い出すかという顔をした。

「しかも、その父親というのは養父で――」

変なことを聞くと思われてるのかな、と脇坂はいささかバツの悪い思いをしながら、そう続けた。

「あの、それが何か？」

花井はきょとんとしたまま言った。

「いえ、ちょっと」

理由は言えないので、脇坂は愛想笑いをしてお茶を濁した。

「父親と二人暮らしで、その父親が養父という生徒ですか」

不審そうな表情をしながらも、花井は思い出すような目で聞き返した。

「ええ、そうです。いえ、その、先生のクラスでなくてもいいんですが。一年の生徒でそういう家庭環境にいる生徒なら——」

「それなら、高杉《たかすぎ》いずみがそうですわ」

花井が思い出すまでもないというように、即座に言った。

「いるんですか」

脇坂はついそう言ってしまった。『少女A』は実在したのか。あの手紙はガセではなかったのか。

「いるんですかって?」

花井は不審そうな顔をした。

「あ、いいえ。その高杉という生徒ですが、何組の?」

「二組ですよ。クラス委員をしている子です。眼鏡をかけたショートカットの——」

花井は説明したが、一年生を教えていない脇坂にはそう言われてもピンとこない。

「その生徒が養父と二人暮らしなんですね。養父は何をしている人なんです？」

「あらやだ。何をしてるって、高杉先生ですよ」

花井は華やかに笑って、脇坂の肩をぶつ真似をした。

「え」

「高杉先生の娘さんなんですよ」

「高杉先生って、あの？」

脇坂は、思わず職員室の片すみで何か書き物をしている高杉久雄《ひさお》の方を盗み見た。

高杉は物理教師で、三年の学年主任でもある。花井同様、勤続二十年以上のベテラン教師だった。七三にきちっと分けた髪に、黒縁の眼鏡。謹厳実直を絵に描いたような人物である。

あの高杉が？

脇坂は口をポカンと開けた。

「養女なんですか。その高杉いずみというのは、あの先生の？」

同じ職員室とはいっても、席が離れているので、ふつうにしゃべっても聞こえる心配はなかったが、脇坂はつい声を潜めるようにしてそうたずねた。

「ええそうなんですよ。なんでも高杉いずみは高杉先生の大学時代の親友の娘なんだそうです。彼女が五歳のときに実の両親が交通事故で亡くなったそうで、子供のできなかった高杉先生ご夫妻が、引き取って養女にされたんですよ。それに、たしか、奥様を今年の三月、癌《がん》で亡くされたということだし」

条件はピッタリあてはまる。

ということは、あの高杉が、夜な夜な養女の部屋を訪れて、ハレンチな行為にふけっているという張本人だというのか。

あの高杉が？

うちにいるときでもネクタイをはずさないんじゃないかと思えるような、あのクソ真面目が洋服を着ているような男が？

脇坂は信じられない思いで、もう一度高杉久雄の方を盗み見た。

もっとも、表向きは真面目に見える人間ほど、陰で何をしているかしれたものではないが。それにしても、あの高杉とは——

「あとそれと、一年一組の松野愛《まつのあい》もそうじゃなかったかしら」

花井は愕然《がくぜん》としている脇坂の心中も知らず、涼しい声で続けた。

「え、まだいるんですか」

脇坂はまた口を開けた。

「そうだわ。松野愛も母親を亡くして父親と二人暮らしのはずだわ。しかも、彼女も養女のはずよ。養父はたしか開業医をしていたんじゃなかったかしら」

教師の次は医者か。

「わたしの知っている限りでは、この二人だけかしら。養女で、しかも父親と二人暮らしというのは——あ、やだわ、わたしったら。もう一人いるじゃない。灯台もと暗しとはこのことだわ」

花井は何か思い出したようにホホホと笑った。

もう一人？

まだいるのか。

脇坂は愕然の二乗という顔で先輩格にあたる女性教師を眺めた。

「もう一人というと？」

「うちのクラスにも一人いたわ」

「三組にも？」

「ええ。諏訪順子《すわじゅんこ》。あの子がまさにそうだわ。養女でしかも母親を亡くしてる——」

「養父は何を？」

「警官よ」

「警官……」

教師に医者に警官。

揃《そろ》いも揃って——

開いた口がふさがらないとはこのことか。脇坂はしばらく口を閉めるのを忘れていた。

「あら。噂《うわさ》をすればなんとやらだわ」

花井が何かを見付けたような目で突然言った。

「あの子ですよ」

「あの子？」

「ほら、今、職員室に入ってきて、中村《なかむら》先生と話している——」

脇坂は花井の視線を追った。一年二組の担任である中村という年配の男性教諭の席で、度の強そうな眼鏡をかけたショートカットの生徒が笑いながら何かしゃべっていた。濃紺のブレザーにグレイのひだスカートという、芙蓉女学院の制服が重たげに見えるほど、小柄で子供っぽい体格の持主だった。

いかにもクラス委員といった風情の優等生的な印象はあるが、どう目をこらしても、養父の性の対象になるような、「女」らしさは感じ取れない。

白い歯を見せて笑っている顔は、屈託なく、まさに子供のそれだった。

脇坂は高杉いずみに向けた視線を再び高杉久雄に向けた。眼鏡屋で一緒に買ったんじゃないかと思いたくなるような、似かよった野暮ったい眼鏡をかけて、こちらも教師になるために生まれてきたようないかめしい顔つきで書き物をしている。

頭の中で、この二人がひとつのベッドでからみあっている姿を想像しようとしても、その図は脇坂の想像力を超越したらしく、どうしても思い描くことができなかった。

少なくとも、『少女A』は高杉いずみではないなと、幾分ほっとしながら、脇坂は思った。

4

「それは分からないわよ」

電話の向こうで、新谷可南が笑いを含んだ、ちょっと意地の悪い声で言った。

その夜、さっそく、学校で知り得た情報を可南に伝えるために、脇坂はわななく指でいそいそと可南のマンションの電話番号を押したのである。

「それは分からないって？」

「子供っぽく見えるからって、その高杉って生徒が『少女A』ではないとは言いきれないんじゃない？」

「だけどさ、ありゃ、どう見ても、養父に変な気を起こさせるようなタイプじゃないよ。そういうタイプというなら、むしろ、松野愛という、医者の娘の方が、それらしいよ」

「その生徒にも会ったの」

「いや、それとなく遠くから見ただけだけど――」

脇坂は、あのあと、松野愛のクラスに出向いて、クラスの生徒から、もっともらしい口実をもうけて、松野という生徒を教えて貰ったのである。

松野愛は友達数人と、机をくっつけあって、賑《にぎ》やかにしゃべったり笑ったりしながら弁当を食べていた。

「奇麗な子なの」

「うん、まあね。こうシャンプーの宣伝なんかにでてきそうな、ストレートヘアの、胸なんかもわりと発達してる感じの子だった」

「そんなとこばっか、じろじろ見てたの」

「そ、そういうわけじゃないよ。まあ、あれなら、ひとつ屋根の下に暮らしてたら、養父といえども妙な気を起こしても不思議はないなと――ただ」

「ただ、なに？」

「松野愛にしても、見た目には、無邪気な女子高生って感じで、とても養父のことで悩んでいるようには見えなかったなあ」

脇坂は、天井を向いて大口をあけて笑っていた松野愛の顔を思い出しながらそう言った。

「学校では何もないように振る舞ってるだけかもよ」

「そうかもしれないが……」

「で、三人目の警官の娘ってのは？　どうせ、その子も観賞しに行ったんでしょ」

可南はからかうような口調で言った。

「観賞はないだろ。おれはきみに頼まれたことを忠実に実行しただけなんだから」

脇坂は思わず不平を言った。

「ごめん。それで？」

「そうだな。諏訪順子はふつうの女子高生って感じだったね。年相応というか。それほど子供っぽくもないし、松野ほど女っぽくもない。ブスでもなければ美人というほどでもない。どこにでもいる普通の女の子って風だったな」

「そう……」

可南は何か思案するように短くそうつぶやいた。

「それで、その三人だけだったのね。『少女A』にあてはまる生徒は？」

「三人だけって、三人もいれば十分だろ」

脇坂は呆《あき》れたように言った。

「まあね。でも参ったね。三人もいるとは思わなかったな」

「おれもだよ」

「しょうがない。一人ずつ当たってみるか」

独りごとのように言う。

「当たるって、きみが？」

「そうよ。そのつもりで、脇坂君に調べて貰ったんじゃない」

「でも、どうしてそこまで――」

「一介のＤＪ風情が首をつっこまなくちゃならないのかって？」

可南は先回りして言った。

「うん、まあ」

「それなりに理由があるのよ。それに取材もかねてね、いまどきの女子高生に直接会って話を聞くのも参考になるかなって」

「取材？」

「そう。小説書く取材」

「小説って、きみ、小説も書いてるの」

脇坂は驚いてたずねた。

「小説もって、あたしの本業は小説書きだよ。ラジオのDJだけで食べてると思ってたの」

「…………」

「小説ってえらそうに言っても、まあ、ジュニア向きの少女小説だけどね。これでもこの世界ではけっこう売れっ子なのよ、あたし」

「それでDJも――」

「そういうこと。少女小説家として若い子に人気が出たから、ラジオの話がきたってわけ。次の作品で女子校を舞台にしようかなって思ってるし。べつにこの件に首を突っ込むからって、ボランティアやってるわけじゃないんだよ」

「そうか」

「で、彼女たちの住所と電話番号も調べてくれた?」

「うんまあ、一応。生徒名簿あたって、調べておいたけど」

「それなら、あさって、会えない?」

「あさって?」

脇坂は面食らって声をはりあげた。

「夜、あいてない？」

「いや、その、まあ、あいてるかな」

「だったら、うちへこない？」

「え」

「本当はあたしの方が訪ねていくべきかもしれないけど——」

可南は申し訳なさそうに口ごもった。

「いや、そういうことなら、こっちから行くよ」

喜んですっ飛んで行くよ。

「それなら、あさっての十時ってのはどう」

「十時って、夜の？」

「そうよ。まずい？」

「まずいというより、そんなに遅くていいの」

「あたしは構わないわよ。というか、明日は九時頃までちょっと仕事が入ってて。それに、しあさってから、旅行に出ちゃうし」

「き、きみさえよければ、おれの方はべつにいいけど……」

「そう？ じゃ、悪いけど、うちへ来てよ。今、住所言うから」

脇坂は舞い上がりそうになる気持ちを押えながら、メモを取り出した。

5

これが彼女の住んでいるマンションか。

翌々日。時間通りに、教えられた住所を訪ねてきた脇坂一郎は、その高級感溢《あふ》れる渋い焦げ茶色の建物を圧倒される思いで見上げていた。

同じマンションでも大違いだな。

マンションとは名ばかりの自分の今の住居と目の前のそれを頭の中で較べて、思わず溜息《ためいき》が漏れた。

造りからすると、分譲っぽいが、彼女は自分で購入したのだろうか。

南青山という場所柄を考えても、このくらいの物件なら、間取りにもよるだろうが、三十歳そこそこの女が独力で購入できるようなしろものには見えなかった。ローンを組むにしても、それなりの頭金というのが必要だろう。

千田の話だと、彼女はまだ独身らしいが、少女小説家というのはそんなに儲《もう》かる職業なのだろうか。それとも、彼女の背後には誰か男が——

六階建てのマンションの前で立ち尽くしたまま、脇坂はそんなよけいなことを考えていた。

ようやく我にかえって、エントランスに入ると、プッシュホンみたいな番号が並んでいる集合型のインターホンの前に立った。618を押すと、すぐに可南らしい女の声が応えた。

「脇坂ですが」

そう言うと、

「どうぞ。入って」

そんな声が返ってきたかと思うと、目の前のガラス扉が自動的に開いた。

脇坂は中に入った。観葉植物の鉢が置かれたエレベーターボックスまで行くと、上行きのボタンを押した。

床にはワイン色の絨毯《じゅうたん》が敷き詰められ、まるでシティホテルみたいだなと、脇坂は、五階に停まっていたエレベーターがおりてくる間、あたりをきょろきょろ見回しながら思った。

エレベーターのドアが開いた。それに乗り込んで6のボタンを押した。ふわっとエレベーターが浮き上がったかと思うと、すぐに停まった。六階におりたつと、フロアにはドアは三つしかついていなかった。

「新谷・益田」と二通りの姓が書かれたドアを探しあて、インターホンを再び押す。可南の声で、「鍵はかかってないから、入って」という返事。

こんな表札が出ていたら、二人で暮らしているように思われるだろうな、と脇坂はドアを開けながら、ふと思った。

中にはいると、プンと良い薫りがした。部屋コロンの匂《にお》いではない。見ると、靴箱の上に陶器の香炉があって、幽玄な薫りはそこから立ちのぼっていた。

「おじゃまします……」

そう言って、もぞもぞと靴を脱いでいると、廊下の突き当たりのガラス戸が開いて、新谷可南が出てきた。

黒いハイネックのセーターに黒のスパッツ。黒ずくめの恰好《かっこう》で、腕にコラット種の子猫を抱いていた。

「ちっとも変わってないじゃない、脇坂君」

脇坂を見ると、懐かしそうな目で笑いかけた。

脇坂は苦笑した。田舎にいた頃の知り合いにバッタリ街中ででくわすと、きまって言われることだった。

「おまえ、変わってないなあ」

そう言われるたびに、東京暮らしももう十年を越えるというのに、いっこうに都会人らしく見えないらしい自分にもどかしさのようなものを感じていた。

「きみは――」

可南をひとめ見たとたん、脇坂はそこまで言って絶句した。

変わった。

声だけを聴いたぶんには、昔とそんなに変わってないような気がしていたが、こうして目のあたりにしてみると、彼女は変わっていた。とても変わった。これでは街で擦れ違っても気が付かなかったかもしれない。

二人の間に流れた十年、いや、正確には十一年という年月はたしかに存在したのだ、と、脇坂は年月の重みをしたたかに感じた。

彼の思い出のなかにある、肩まで伸びた髪をふたつのおさげにしていた純朴そうな少女はもうどこにもいなかった。

ベリイショートにしていた髪が伸びかけている、とでも言った風情のショートカットの両耳から、黒ずくめの中で唯一《ゆいいつ》の装飾品である、金色のイヤリングが、彼女が実現させた都会の夢のように、脇坂の目の前でかすかに揺れている。

「何、突っ立ってるの。さあ、中に入ってよ」

可南は自分の方を穴があくほど見詰めている幼なじみの様子がおかしくてたまらないといいたげな表情で言った。

「あ、うん」

脇坂はようやく目の前の女から視線をはずした。

「凄《すご》いマンションだね。まさか、これ、きみが独りで？」

広々としたリビング・ダイニングルームに足を踏みいれた脇坂はあたりを見回しながら、口笛でも吹くような顔つきでたずねた。

「買ったかってこと？」

可南はシステムキッチンのほうに行きながら聞き返した。

「うん……」

「買ったといってもローンだよ」

「でも頭金だけでも大変だっただろう」

「ま、ふつうのＯＬしてたら無理だったでしょうね」

「少女小説って、そんなに儲《もう》かるのか」

つい下世話なことを聞いてしまった。

「売れればね」

可南の素っ気ない声が返ってきた。

「水割りでいい？」

「え、ああ、うん」

脇坂はきょろきょろしながら、リビングのソファに腰をおろした。可南が手放したコラット種の子猫が鳴きながら脇坂の足元までよたよたとやってきた。

その猫を抱き取りながら、脇坂はふと思いついて言った。

「お母さん、もう少し長生きされてたら、ここできみと一緒に暮らせたのにね」

可南の母親はたしか去年の暮れに亡くなったと、正月に実家に帰ったとき、家の者から聞いた記憶がある。

「ええ。無理をしてここを買ったのも、母を呼んで一緒に暮らすためだったのにね」

二つのウイスキーグラスと氷を入れたアイスペールをリビングに運んできた可南がしんみりとした声で言った。

「東京へ出てきて、お父さんに会えた？」

脇坂は子猫をあやしながら、何気ない調子でたずねた。

役所の福祉関係の仕事をしていた可南の父親が、妻と娘を捨てて家を出たのが、可南が高校一年のときだった。

脇坂はそのときのことを昨日のことのように覚えている。

買い物の帰り、噂《うわさ》を聞き付けてきた母が、鬼の首でも取ったような顔で、「益田さんとこのご主人、家を出ちゃったんだって。原因はこれらしいよ」と、いやらしく小指をたてる仕草をしたのを今でも覚えている。

翌日、学校へ行くと、気のせいか、彼女は元気がなかった。

噂だと、可南の父親は、東京で愛人と暮らすために妻と娘を捨てたということだった。

「ううん。会ってない」

可南は水割りを脇坂の方に差し出しながら、グラスに浮いた氷よりも冷ややかな声で答えた。

「べつに会いたいとも思わなかったし。生きてるんだか死んでるんだかも知らない。知りたいとも思わないわ。父がいなくなったあと、母と二人で話しあったのよ。父は死んだと思うことにしようって」

「そうか……」

悪いこと聞いちゃったかなというように、脇坂は頭を掻《か》いた。

「それより、例の三人の住所と電話番号、持ってきてくれた？」

可南は話題をかえるようにそう言うと、脇坂のひざから子猫を抱き取った。

「ああ、忘れるとこだった」

脇坂はブレザーの内ポケットから折り畳んだメモ用紙を取り出した。それを彼女に渡す。

「高杉いずみ。松野愛。諏訪順子か。『少女A』はこの中の誰かしら」

あごに手をあて、メモ用紙を見ながら、独り言を言った。

「一人ずつあたるつもりか？」

脇坂は考えこんでいるような可南の顔を見守りながらたずねた。

「そうするしかないね。会っても正直に答えてくれるかどうか分からないけど。とにかくやってみるわ」

「電話でも聞いたけど、きみはどうしてそこまで――」

「前にも女子高生から手紙を貰ったことがあってね」

可南はウイスキーグラスを手の中で振って、カラカラと乾いた音をたてる氷を見詰めながら、つぶやくように言った。

「大人は汚い。自分はそういう大人になりたくない。だから、大人になる前に自殺したいというような内容の手紙だった。それを番組中に読んで、あたし、その甘ったれた言い草にむしょうに腹たってさ、『死にたきゃ、勝手に死ね』みたいな冷たい答え方をしたわけ。どうせ、思春期特有の一過性の底の浅い厭世感《えんせい》にとらわれてるにすぎないと思ったから。そうしたら、その手紙をくれた子、翌日――」

可南の手の中でグラスの氷が止まった。

「まさか、本当に？」

脇坂は目を見開いた。

可南はグラスを見詰めたまま、大きく頷《うなず》いた。

「通ってた高校の屋上から飛び下りて」

「………」

「あとで聞いた話だと、両親が離婚して家庭的に何かと問題を抱えた子だったらしい。大人は汚いというのも、頭の中だけでこね回した抽象的な意味じゃなかったみたいなんだよね。結局、あたしは知らなかったとはいえ、首つりの足を引っ張るような真似をしてしまったわけ。あのとき、もう少し、親身になっていたら、あの子は死ななかったかもしれない。そう思えてしょうがない。手紙には、名前も住所も電話番号もちゃんと書かれていたんだよ。きっと、誰かに救いを求めていたんだと思う。学校の先生にも両親にも求められないことを、あたしに求めていたのかもしれない。この、『少女A』も同じだと思えてならないんだよ。もしかすると、悪戯《いたずら》かもしれないし、あの年頃にありがちな、空想と現実がごっちゃになった末の妄想かもしれない。でも、万が一ってことがあるでしょ。『少女A』が手紙に書いてきたように、自殺するか養父を殺してしまったあとでは遅いんだよ。そうなる前になんとかしたい――」

脇坂は何も言えず、ただ黙って聞いていた。

「とは言うものの、三人に会って、三人に否定されたら、どうしようもないけどね」

可南はそう言って肩を竦《すく》めた。

「そうなったら、筆跡を調べるって手があるじゃないか」

脇坂は思い付いたように言った。

「筆跡？」

「その手紙の」

「ああ、それは無理」

「どうして」

「ワープロなのよ」

そう言い捨てると、可南はふいに立ち上がって、少しドアの開いていた隣の部屋に姿を消した。脇坂は視線で彼女の姿を追った。寝室らしい。大きく開いたドアの隙間《すきま》から、ベッドの上に口を開けたボストンバッグが置いてあるのが見えた。その口からは、セーターやらブラウスやらがはみ出している。

脇坂が来るまで、ボストンバッグに衣類を詰め込んでいる最中だったらしい。そういえば、電話で明日から旅行に出るとか言っていたっけ。

「これ」

隣の部屋から戻ってくると、可南は手にした封書を脇坂の方に差し出した。

ごくふつうの定形の白い封筒だった。見ると、宛名《あてな》もワープロで打たれていた。中を見てみると、白い用紙にぎっしり並んだ文字もワープロ文だった。

「それじゃ、筆跡を調べるわけにはいかないでしょ。調べるとしても、せいぜいワープロを持っているかどうかくらいしか。それだって、必ずしもうちにあるワープロで打ったとは限らないだろうしね」

「そうだな……」

脇坂は封書を手にしながら、唸《うな》るように相槌《あいづち》をうった。消印を見ると、新宿になっていた。しかし、三人の女生徒のなかで、新宿に住まいがある者はいない。もし、あの三人の中に『少女A』がいるとしたら、彼女は、この手紙を新宿に出たついでに投函したのだろう。

「まあどちらにしても、明日から旅行に出なくちゃならないんで、『少女A』探しは旅行から帰ってきてからってことになるけどね」

可南は脇坂から封書を取り返しながら言った。

「旅行ってどこへ?」

脇坂はドアが開いたままの寝室の方をちらと見ながらたずねた。

「北海道。三泊四日だから、帰ってくるのは来週の水曜日ね」

「仕事?」

取材か何かかなと思いながら、つい脇坂はそう聞いてしまった。

「ううん。ちょっとプライベート」

可南はあまりそのことには触れられたくなさそうな様子で早口に言った。

そのとき、リビングの電話が鳴った。その電話を待っていたように、彼女はさっと立ち上がった。

「もしもし……ええ、今用意してたところ。ねえ、今頃の北海道って、もうコートが必要かしら……そりゃ、あなたは身軽でいいでしょうけど、女には何かと準備するものがあるんです……ええ、分かったわ。あなたこそ遅れないでよ。ええ、じゃあね」

彼女は脇坂に背中を向けて、それだけ言うと、すぐに電話を切った。

あなたは身軽でいいでしょうけど、女には何かと準備するものがあるんです、か。ということは、相手は男に違いない。しかも、明日行くという北海道旅行の連れらしい。プライベートの旅行であれば、当然、その相手は——

やっぱり、恋人がいたのか。

脇坂はがっくりしながらそう思った。

「さて、脇坂君。十一年ぶりの再会を祝して、朝まで飲みあかしましょう——」

恋人らしき男からの電話に気をよくしたのか、可南は急に明るい口調になって、自分のグラスを脇坂のグラスにかちあわせた。

え——朝までだって。

脇坂はぎょっとして彼女を見た。

「と言いたいとこなんだけど、フライトは明日の朝なの。二日酔のまま行くわけにはいかないんで、今日はこれ一杯で勘弁ね。またゆっくり会う機会を作るから」

新谷可南は涼しい顔でそう続けた。

あ、そういうこと……。

脇坂は間の抜けたような笑みをしかたなく口元に浮かべた。

少　女

少女は包丁の柄を握り締めて闇《やみ》の中に座っていた。

今夜、もしあいつがまたやってきたら、ためらわずにこれであいつを刺してしまおう。

そんな悲壮《ひそう》な決意を胸に秘めて。

少女はじっと息を圧《お》し殺したまま、いつものように階段がみしみしと鳴る音を待った。あいつが足音を忍ばせて上ってくるのを……。

しかし、階段はみしりとも鳴らなかった。あいつは来なかった。三十分待っても、一時間待ってもあいつがやって来る気配はなかった。秋の風が少女の部屋の窓枠をガタガタと揺らせて吹き過ぎる音ばかりだ。

今夜は来ないつもりだろうか。独り晩酌の度がすぎて、酔って寝てしまったのかもしれない。

ほっとしたような、がっかりしたような気持ちで、少女は包丁の柄を握り締めていた両手の力をゆるめた。あまり強く握っていたので、指の感覚がなくなっていた。包丁を机の上にコトンと置いた。

あいつは本当に寝たのだろうか。

少女は闇の中で目を光らせながらふと思った。

椅子《いす》を軋《きし》らせて立ち上がった。今度は少女の方が足音を忍ばせて、部屋を抜け出した。

常夜灯にボンヤリと照らし出された階段。それをおりるみしみしという音が闇に響く。

少女が「おやすみなさい」を言いに行ったとき、あいつが晩酌をしていた居間は明かりが消えていた。

やはり、もう寝たらしい。

少女は足音を忍ばせてあいつの寝室まで行った。

ふすまの向こうからいびきの音がした。あいつだ。眠っているのだ。少女はふすまに手をかけ、そうっと開いた。

細く開いた隙間からのぞくと、枕元のスタンドの豆電球が、仰向けになって、いぎたなく口を開けているあいつの顔を醜く照らし出していた。

飛び出した喉仏《のどぼとけ》がひくひく動いている。

それをしばらく見詰めていた少女は、開けたときの慎重さで、またふすまをそうっと閉めた。

今夜はだいじょうぶだ。

少女はほっとしたように溜息を漏らした。そのまま足音を忍ばせて引き返した。階段を上る。階段を途中まで上ったところで、少女の白い素足がピタリと止まった。

今夜はだいじょうぶかもしれない。でも明日は？　あさっての夜は？　また同じことが繰り返されるのだ。

あいつが生きている限り――

そうだ。何もあいつが来るのを待っていることはないじゃないの。

あいつは今眠っている。晩酌の酒に酔って、いぎたなく眠りこけている。

少女は滑稽《こっけい》なほど無防備だったあいつの寝顔を思い出して、闇の中でくすりと笑った。

今がチャンスだ。

少女はまた階段を上りはじめた。部屋に戻ると、明かりをつけ、机の上の包丁を見た。包丁の刃が濡《ぬ》れたような鈍い輝きを放って、少女を誘っていた。

これであいつを刺してしまえ。そうすれば何もかもが楽になる。もう夜を脅えなくてもいい。あいつの顔色を窺《うかが》う必要もない。

でも――

人殺し――しかも養父殺しをしてしまったあたしの人生はどうなるのだろう。

少女の頭の中にふいに、「完全犯罪」という言葉が電光のようにひらめいた。

それは少女が好きで読みはじめていた推理小説の中によく出てくる言葉だった。

あいつを殺して、あたしが警察につかまらない方法はないだろうか。あたしがやったと分からない方法は――

少女の頭にある考えがひらめいた。

少女はじっと一点を見詰めて、そのひらめきを口の中の飴玉《あめだま》をころがすように、頭の中で何度も転がした。

壁の一点を見詰めていた少女の目が、ふいに机の上の包丁に据えられた。

でも、返り血はどうしよう。これであいつを刺せば、いっぱい血を浴びるに決まってる。血のついたパジャマをどうしようか。どこかに捨てに行く? それとも焼いてしまう?

それとも——

そうだ。何も着ていなければいいのだ。血のつく心配のある衣類など何も着ていなければ。

少女はパジャマのボタンをはずしはじめた。これからしようとすることを考えると、さすがに手がブルブルと震えて、なかなかボタンをはずすことができなかった。それでも、ようやくパジャマの上着とズボンを脱ぎ捨てると、さらに下着も脱ぎ捨てた。

生まれたままの姿になると、机の上の包丁を握り締めた。

第二章　殺してしまいましょう

1

その朝は十月の半ばにしては、肌寒かった。

滝川伸子《たきがわのぶこ》はあくびをしながら階下のダイニングルームにおりてくると、先日、物置から出したばかりの石油ストーブに火をつけた。

それから朝食のしたくをはじめた。手早くおかずを作り、炊飯器がピーと鳴る頃、夫と長女を起こしに、二階の寝室に駆け上がる。一秒でも布団の中にいたがる夫や娘としばらく格闘した末、半ば布団からひきずり出すようにして、二人を洗面所に送り出した。

そうしてから、また階下に駆けおりてきて、食卓に第一陣の朝食を並べた。都心の職場に通う夫と長女のための朝食である。

夫がワイシャツ姿で食卓について朝刊を広げる頃、化粧を終えた長女がようやく食卓に現れた。

二人が食べている間に、おかずの残りで、中学三年の長男と中学一年の次男の弁当を作る。夫は会社の社員食堂を利用し、長女は母親の手作り弁当を「ださい」といって、仲間のOLたちと店屋ものですませている。

朝食を食べ終えた二人を送り出すのが決まって七時ジャスト。我ながら、ほれぼれするような正確さだと伸子はいつもひそかに思っている。

出勤する二人を玄関で見送っていると、これまた判で押したように、道路を挟んだ向かいの家から、高杉父娘が出てくる。都心の名門女子校に通う娘と、そこで教鞭《きょうべん》を取っている父親が、似たような眼鏡をかけて仲良く出てくる。

ゴミ出し場のところで、夫たちと合流し、四人は揃《そろ》って駅への道を急ぐ。

それを見届けてから家のなかにはいるのが、いつしか伸子の日課になっていた。

ところがその朝――十月十七日の月曜日の朝は、高杉邸の玄関ドアは閉まったままで誰も出てくる気配がなかった。

あら、どうしたのかしら。

仲子は夫と長女を見送った視線を、そのまま高杉邸に向けた。二階の窓もみなカーテンが閉まったままだ。いつもなら既に開いているはずのカーテンが。

父娘揃って朝寝坊でもしているのかしら。よく似た父娘だから、寝坊するときも一緒なのかもしれない。仲子はふとそんなことを思った。

高杉一家が向かいに家を建てて越してきたのが二年前のことだった。名門女子校に勤めるという主人はいかにも教師といった風情のおかたい人物に見えた。

妻のゆきえはきさくで明るい人だった。独身の頃は歌手をしていたのだという。

一人娘のいずみは、母親には似ていなかった。会えば挨拶《あいさつ》はきちんとするが、無駄口はいっさいたたかない。仲子が愛想よく話しかけても、あまり話には乗ってこず、「はい」とか「いいえ」とか、必要最低限のことしか言わない。勉強はよくできるらしいが、あまりかわいげのある娘ではないなと仲子は思っていた。

高杉ゆきえと親しく口をきくようになった頃、それとなく、「いずみちゃんはお父さん似ねえ」と、半ば皮肉まじりに言ったことがある。ところが、そのとき、ゆきえは苦笑しながら、いずみは高杉夫妻の実子ではなくて、実は血のつながらない養女なのだと打ち明けた。

そのゆきえも今はいない。昨年の秋に発病した子宮癌《がん》のために、今年の三月に亡くなっていた。

家のローンと妻の入院費を払うために、高杉久雄が株に手を出して、大損をしたという噂《うわさ》を聞いたのが昨年の今頃だった。しかも、その穴埋めをするために、そのあと、金利の高いサラ金に手を出したらしいと――

その噂がでたらめではないのをしめすように、時折、取り立て屋らしき柄の悪そうな連中が高杉邸のあたりをうろついているのを何度か目にしたことがあった。

一時はどうなることかと、他人事《ひとごと》ながらハラハラしていた伸子だったが、高杉はなんとかサラ金からの借金は返し終えたらしく、取り立て屋らしき連中の姿はある日を境にパタッと見えなくなった。

もっとも、高杉家の内情が実際はどうなっているのか、伸子には知りようがなかった。ゆきえが亡くなってからは、高杉久雄は近所とは付き合おうともしなかった。それとなく、娘のいずみから情報を得ようとしても、いずみは伸子にうちとけようとはしなかった。相変わらず、優等生的な態度を崩さず、挨拶以外のことはけっして口にしようとはしなかった。

まあ、いくらなんでも二人揃って朝寝坊なんて、あの父娘に限ってはなさそうだから、今日は創立記念日か何かで、学校は休みなのかもしれない。

伸子はそう思いあたると、それきり、高杉邸へ不審の目を向けるのをやめた。

専業主婦の伸子にとって、ウイークデイの朝はまさに戦場である。家族をすべて職場や学校へ送り出してしまうまでは、一瞬たりとも気を抜く暇はないのだ。

伸子は夫と長女を見送ってしまうと、すぐに家の中にとって返した。

ゼンマイを巻き直された人形のように、再び精力的に働きはじめた。

第一陣の食べ残しをざっと片付けてしまうと、子供部屋へ行って、二段ベッドで寝ている長男と次男を力ずくでたたき起こし、第二陣の朝食をすませた。

二人を学校へ送り出したのが、午前七時半。

それから、独りで残りものを平らげるためだけの朝食を終え、洗い物を片付け、洗濯と掃除を終え、やれやれと肩をたたきながら、居間のソファにどっこらしょと腰をおろし、さてテレビでも見ようかと思ったのが、午前十時になろうとしていたときだった。

ところが、リモコンでテレビのスイッチをいれた途端、玄関のチャイムが慌ただしく鳴った。

セールスにしては鳴り方が異常だ。チャイムを壊しかねないような勢いで鳴らしている。

誰だろう。

仲子は眉《まゆ》をひそめて、腰をおろしたばかりのソファから立ち上がった。

「はいはい、そんなに鳴らさなくても、今出ますよ」

訪問客の非常識さに、いささか腹をたてながら、玄関に出て行った。

ドアチェーンをしたまま、ドアを開いた。

目の前に高杉いずみが立っていた。いつもの眼鏡をかけていなかった。紙のような真っ白な顔色をしている。

「いずみちゃん?」

「おばさん、たすけて」

いずみは消え入りそうな声で言った。

「ど、どうしたの」

仲子は慌てふためいてドアチェーンをはずすと、ドアを大きく開いた。

高杉いずみは倒れかかるように仲子の腕の中に飛び込んできた。

はじめは、何がなんだか分からず、仲子はいずみが病気か何かではないかと思った。

しかし、自分にしがみついてきたいずみの身体を胸から引きはがそうとして、あっと叫びそうになった。

いずみは裸足《はだし》で、淡いピンク色のパジャマのままだった。しかも、そのパジャマの胸からズボンにかけて、べっとりと赤いものがついている。その赤いものは、いずみを抱きとめた仲子の胸にもついていた。

「な、何があったの、これ、一体――」

いずみの両肩をつかんでたずねた。

少女は水でも浴びたように全身でガタガタと震えながら、

「お養父《とう》さんが、お養父さんが――」

とうわごとのように繰り返した。見ると、目がうつろで焦点があっていない。

「お養父さんが、どうしたのっ」

少女を正気づけるように、仲子は半ばどなりつけた。

「お養父さんが死んでる」

少女は一言甲高い声でそう叫ぶなり、意識を失った。

2

死んでる？

一瞬、伸子はなんのことか分からず、ポカンとしてしまった。

東向きの玄関の三和土《たたき》には十月の日差しが明るく差し込んでいる。外からはチュンチュンと雀の鳴き声が聞こえ、居間の方からはつけたばかりのテレビの音が聞こえる。

何もかもが日常的な、あまりに日常的な、いつもの朝だった。

死んでるって――

伸子はいずみの肩をつかんでいた自分の手をボンヤリと見た。赤いぬるぬるしたものが両手についていた。

これは、血？

平手打ちでも食ったように、俄《にわ》かに伸子の頭がシャンとした。

ありふれた日常にいきなり飛び込んできた異物の正体をようやく理解したのだ。

伸子は夢中で意識を失っているいずみの身体《からだ》を抱き上げた。少女の身体は拍子抜けするほど軽かった。居間に運んでソファの上に横たえた。

それから、玄関に戻ってくると、サンダルをつっかけて表に出た。

二トン車がようやく通れるくらいの道路を突っ切って、向かいの家に行った。玄関のドアが僅《わず》かに開いていた。ドアのノブが薄赤く汚れている。

伸子は及び腰で中を覗《のぞ》きこんだ。まだ木の匂《にお》いのするような家の中はしんと静まり返っている。

「高杉さん……」

サンダルを三和土に脱ぎ捨てると、伸子はおそるおそるという足取りで廊下を歩き、開いたままになっていた突き当たりのガラス戸をさらに開けて入った。

ダイニングルームだった。白地に黄色い水玉模様のテーブル掛けをかけたダイニングテーブルの上に異様なものが載っていた。伸子はそれを見てぎょっとした。出刃包丁だった。刃の部分が赤く濡《ぬ》れている。木製の柄も汚れていた。それが、朝の陽射しの射しこむ明るいテーブルの上に、まるでオブジェか何かのように、ちょこんと置かれていた。

仲子はひざ頭をガクガクと震わせながら、それでも勇気を奮い起こして、さらに奥に進んだ。僅《わず》かに開いたふすまの前まで来たとき、仲子の心臓はゴトンと鳴った。

ふすまには赤い手形がひとつついていた。小さな手形だった。子供のような……。

この奥に？

仲子はふすまを開ける前にごくりと唾《つば》を飲み込んだ。

そして、思い切って、ふすまを一杯に開けた。

中の光景を見て、自分の口に思わず拳《こぶし》をあてた。折り曲げた人差し指をきつく噛《か》みながら、なんとか悲鳴と吐き気をこらえ、かろうじて立っていた。

予想はしていたものの、仲子の目に映った光景は、彼女の想像をはるかに超えていた。

高杉久雄はそこにいた。掛け布団をはぎ取られたような恰好《かっこう》で大の字になり、天井を向いて、目を見開いていた。

白地に濃紺の棒縞《ぼうじま》のパジャマは胸から腹にかけて真っ赤に染まり、敷布団は血を吸ってぐっしょりと濡れていた。

伸子は泳ぐような足取りで現場を離れると、ダイニングルームに設置してあった電話機の前までなんとかたどりついた。

受話器を取り上げ、震える指で110を押した。

電話をし終わると、急にこらえきれない吐き気がこみあげてきて、キッチンの流しに走った。ステンレスの流しの枠につかまって、胃の中にあったものをすべて吐き出した。

3

通報を受けて駆け付けた田無《たなし》署の諏訪重良《しげよし》は、現場である寝室を含めて、一階にある部屋をすべて見終わると、玄関脇の階段を上って、二階にあがってみた。

二階には廊下沿いにひとつ、廊下の突き当たりにもうひとつ、しめて二部屋あった。

諏訪は廊下沿いのふすまを開けてみた。六畳ほどの和室だった。がらんとして、あまり調度も置いてないところを見ると、客用の寝室か何からしかった。

そこを出ると、突き当たりのドアを開けてみた。やはり六畳ほどの洋室だった。ピンク地に小花を散らした模様のカーテン。シングルベッド。机と椅子。一棹《さお》の本棚。部屋のすみにたてかけられた大きなゴリラのぬいぐるみに、飾り棚に飾られたガラスケース入りの日本人形。

机の横のフックには学生カバンが掛けられており、机の上のブックスタンドには辞書や高校生用の参考書が並べられていた。

ざっと見たところ、被害者の娘の部屋らしかった。

部屋の中を見渡していた諏訪の目が、おやというように、ハンガーに掛けられて壁からぶらさがっていたものに釘《くぎ》づけになった。

濃紺のブレザーにグレイのひだスカート。それは、諏訪にとって見慣れた学校の制服だった。

芙蓉女学院の生徒なのか。

諏訪は驚いたような顔で、その制服を見詰めた。

「なんだ、おやっさん。ここにいたんですか」

廊下に足音がして、振り返ると、若手刑事の浜野啓介《はまのけいすけ》が入ってきた。

「被害者《がいしゃ》の娘ですが、向かいの家にいるそうです」

「通報してきた主婦の家だな」

「どうやら、被害者は娘と二人暮らしだったようですね。寝室に奥さんらしき遺影が飾ってありましたし——あれ」

浜野の視線も壁にかかった制服に注がれた。

「これ、芙蓉の制服じゃないですか」

「高等部の一年らしいな」

諏訪は眼鏡をはずすと、身をかがめて、机の上の参考書を見た。最近老眼の気が出てきたのか、細かいものが見えにくい。つい近眼用の眼鏡をはずして見るようになっていた。

「ということは、被害者の娘はもしかしたら、順子ちゃんと同級生——？」

浜野は目を丸くした。順子というのは、諏訪の一人娘だった。

「クラスまで同じかどうかは分からないが」

諏訪は口の中でつぶやいた。

「へえ、偶然ですね」

「行くぞ」

独り言のようにボソリと言うと、諏訪はさっさと部屋をあとにした。

「は、はい」

犬が飼い主を追うような忠実さで、浜野は諏訪のあとにくっついて行く。

「強盗、の仕業ですかね」

浜野が階段をおりながら言った。

「うむ」

諏訪は短く唸《うな》った。

一階はだいぶ荒らされていた。居間の戸棚や寝室の箪笥《たんす》、書斎の机の引き出しが全部引き出されたままになっていて、明らかに家探ししたような痕跡《こんせき》が残っていた。

「勝手口の内鍵《うちかぎ》がかかっていませんでしたし、ドアノブに血の痕《あと》が付着しているところを見ると、犯人はあそこから逃げたものと思われますね。被害者の死亡推定時刻は、今朝がたの午前二時から三時の間ということですから、強盗の線は十分考えられますよ。窓ガラスがどこも破られていないところを見ると、侵入口もあの勝手口じゃないでしょうかね。たまたま鍵のかかっていなかった勝手口から侵入した強盗が、被害者に見付かって騒がれそうになったので、持っていた出刃包丁で刺した――」

「それはありえないな」

諏訪は即座に浜野の推理を否定した。

「高杉久雄は布団の上で殺されている。抵抗したような跡は見られない。しかも、眼鏡は枕元《まくらもと》にはずしたままだった。あれは、眠っているところをいきなり襲われたという風だ――」

諏訪は考えこみながら言った。

「犯人《ほし》は盗みをする前に寝室へ入って被害者を殺した、ということですか」

「おそらくそうだろう。もし、被害者が騒ぎ立てたので殺したとすれば、二階に寝ていた娘に父親の悲鳴が聞こえなかったはずがない。娘が朝まで起きなかったところを見ると、犯人は騒がれる前に被害者を殺《や》ったとしか考えられないな」

「ああそうか。それで、そのあと、ゆうゆうと仕事にとりかかったというわけですね。居間の戸棚や寝室の箪笥の引き出しに血の痕が見られるてのは、そういうことになりますね」

「うむ」

諏訪はただ唸っただけだった。

鑑識班のうごめくダイニングルームに戻ってくると、諏訪は捜査官の一人に声をかけて、ビニール袋に入った凶器らしき出刃包丁を持ってこさせた。

「問題はこれが犯人が持ち込んだものなのか、それともこの家の台所にあったものなのか、だが」

出刃は安物のステンレス製ではなく、職人の銘の入った高級なものだった。

「犯人が持ち込んだとしたら、もっと安物を使いそうだがな」

諏訪が言った。

「それに、ここに、出刃はありませんしね」

浜野はキッチンの流しの下の戸棚を開いた。

開き戸の内がわについた包丁入れには、菜切り包丁と刺身包丁は差し込んであったが、出刃包丁はなかった。

「もし、凶器がこの家のものだとすると、どういうことになるのかな」

諏訪は凶器を見詰めたまま、首をひねった。

「犯人はまずキッチンにきて、ここから包丁を取り出し、それから、奥の寝室に入って行ったということになりますね」

「犯人にははなから殺意があったわけか」

「まあ、家人が起きてきて騒がれたときの用心のためとも考えられないことはないですが」

浜野の意見に諏訪はなんとも答えず、

「とりあえず、この包丁がこの家のものかどうか、被害者の娘にあたれば分かるだろう。もうだいぶ落ち着いたんじゃないか」

「そうですね。今なら何があったのか聞けるんじゃないですか」

「向かいの家だったな。よし。じゃ行こうか」

諏訪はビニール袋に入った出刃を持ったまま玄関に向かって歩き始めていた。

4

向かいの滝川という家に入ると、血のついたピンクのパジャマの上に、この家の主婦にでも借りたのか、やや大きめの白いカーディガンを羽織った小柄な少女が、居間のソファに腰掛けて、ホットミルクを飲んでいた。

「高杉いずみさんだね」

諏訪が優しい声でたずねると、少女は脅えたような目でこっくりと頷《うなず》いた。

「少しは落ち着いたかね？」

テーブルをはさんで向かいがわのソファに腰掛けると、諏訪は重ねて言った。

高杉いずみはミルクカップを両手に持ったまま、黙って頷いた。

まだ顔色がひどく悪いが、様子はだいぶ落ち着いたように見える。

「お父さんの遺体を発見したのはきみだね」

諏訪は事情聴取に入った。

「はい」

いずみははっきりした声で答えた。諏訪をまっすぐ見詰める目が、黒曜石のように輝いている。利口そうな目をした子だな、と諏訪は思った。

「発見したのはいつ？」

「起きてすぐです。午前十時ちょっと前だったと思います」

「十時って、今日は学校を休んだのかね」

諏訪は不思議に思ってたずねた。午前十時というのは、高校生が起きる時間にしては遅すぎるような気がした。

「いいえ、それが――」

いずみは口ごもった。目がどこかに救いを求めるようにきょろきょろした。

「朝寝坊してしまって」

消え入りそうな声だった。

「朝寝坊？」

「どうしてこんなに寝過ごしたのか分かりません。いつもは朝の六時にちゃんと目が覚めるのに――」

「昨夜は寝るのが遅かったのかね」

「いいえ。ベッドに入ったのは午後九時頃です……」

「九時？　いつもそんなに早く寝るのかね」

諏訪はやや驚いてたずねた。

「いいえ。いつもは夜の十一時頃です」

「それじゃ、昨日に限って？」

「こんなことはじめてです。昨日は夕飯を食べたあと、無性に眠くなって、それで早めにベッドに入ったんです」

いずみはまだ夢の中にいるような顔で言った。

「それで、目が覚めてからどうした?」

諏訪は先を促した。

「目覚ましを見たらもう十時になろうとしていたんで、びっくりして飛び起きたんです。すぐに下におりてきました。そのとき不思議に思ったんです。玄関にいつも養父《ちち》がはいて行く靴がありましたから。養父もまだうちにいるのかしらと思って、ダイニングルームに入りました。そうしたら、テーブルの上に包丁が——」

いずみはそのときの恐怖を思い出したように声を震わせた。

「これだね」

諏訪は手に持っていたものを見せた。いずみの目が恐ろしそうに見開かれたが、すぐにビニール袋の中のものから目はそむけられた。

「そうです……」

「この包丁がダイニングテーブルの上にあったんだね」

諏訪は念を押した。

「はい」

　いずみは頷いた。

「この包丁だが、きみの家のものかね」

「はい……」

　いずみは嫌々という視線で、もう一度凶器を見ると、すぐに視線をそらしてそう答えた。

「きみはこれに触った？」

　包丁の柄の部分に指の跡らしきものが残っていたので、諏訪はそうたずねてみた。

「あ、はい」

　いずみははっとした顔で言った。

「触ったんだね」

「さ、触りました。あたし、目が悪いので、最初、包丁についている赤いものは何だろうと思って、手に取って見てしまったんです――」

「それで、どうした？」

「それが血だと分かったので、もうびっくりしてしまって。急に養父のことが心配になったんです。居間に入ってみると、部屋の中が荒らされていました。あたしはすぐに泥棒だと思いました――」

「何か盗《と》られたものに気が付いたかね」

「居間の戸棚の引き出しに入れておいた預金通帳と印鑑がなくなっていました。あとそれと、お財布に五万ほど入っていたはずなんですけど、それも――」

「なくなっていたのかね」

諏訪の目が光った。

「はい」

「それで?」

「まさかと思って、養父の寝室へ行きました。そうしたら、養父が首のところまで布団をかぶって寝ていました。でも目を開けているんです。あたしは夢中で駆け寄ると、布団をはいで、養父の身体にしがみつきました――」

いずみは喘《あえ》ぐような声でそこまで話すと、両手で顔を覆ってしまった。

「パジャマの血はそのときについたんだね」

少女の気が鎮まるのを待って、諏訪はさらにたずねた。いずみのパジャマの胸からズボンにかけて血がべっとりとついていた。しかし、見たところ、飛沫《ひまつ》状の血の痕は見られなかった。

「はい……」

いずみは頷いた。

「そのあと、助けを求めにこの家に駆け込んだというわけだね？」

「そうです」

「ところで、玄関のドアは施錠してあった？」

諏訪はふと思い付いたようにたずねた。

「え？」

「きみがこの家に助けを求めようとして、うちを出たときだよ」

「は、はい。ちゃんと鍵がかかっていました。チェーン錠も」

ということは、犯人の侵入経路はやはり勝手口なのか、と諏訪は腹の中で考えた。

「勝手口だが、いつも寝る前に鍵はかけていたのかね」

「はい。そのはずでしたが――」

「かけ忘れたこともありうるわけだね」

「ええ、昨日はさっき言ったように、わたしは早めに寝てしまったので、もしかしたら、養父がかけ忘れたのかもしれません」

「夜中の二時から三時頃にかけて、階下で悲鳴のようなものは聞かなかったんだね」

諏訪は念を押した。

「はい……」

いずみは不安そうな表情で曖昧《あいまい》に頷いた。

5

「どうも妙ですね」

滝川邸を出るとすぐに、浜野が首をかしげながらボソリと言った。

「いつもは夜の十一時頃に寝るというのに、昨夜に限って九時に寝てしまったというのは、ひっかかりますね。それにいつもより四時間も朝寝坊していたというのも変ですよ」

「うむ」

諏訪はまた唸ったただけだった。

「あの娘、何か隠してるんじゃないでしょうか」

「嘘《うそ》を言っているようには見えなかったがな」

「父娘の仲はどうだったんでしょうかね」

浜野はふいに言った。

「なんだ。あの娘を疑っているのか」

ちらと浜野を見た諏訪の目に苦笑の影がひらめいた。

「いや、そういうわけじゃないんですが」

浜野は頭を掻《か》く。

「あの娘のパジャマについていた血は、あの子が言ったように、父親の遺体にしがみついたときについたものだろう。返り血のようには見えなかった」

「いや、べつに、あの子が父親を刺したと言ってるわけじゃありません。ただ、事件のことをもっと何か知っているんじゃないかと思っただけで」

「それはそのうち分かるだろう」

諏訪たちが再び高杉邸に戻ると、鑑識の捜査員が、諏訪を探していたような顔つきで近付いてきた。

「浴室に僅《わず》かですが、血を洗い流したような痕跡《こんせき》が見られます」

「洗面台じゃなくて？」

諏訪は眉《まゆ》をつりあげた。鑑識員について、北側の浴室に入った。たしかに、目をこらして見ると、洗い場のタイルの上に薄赤い水滴が残っていた。

「ここでシャワーでも浴びたのかな」

諏訪は濡れたタイルの床を見ながら呟いた。

「身体についた被害者の血を洗い流したようですね」

「しかし――」

諏訪は考えこむような目になると、

「なんでシャワーを使ったんだろう。犯人は手袋をしていたようだから、手に血がつくはずはなかっただろうし」

諏訪は唸るように言った。戸棚や箪笥などの引き出しに付着していた血の指跡から指紋は検出されていなかった。おそらく犯人は手袋をしていたものと思われた。

「顔じゃないですか」

浜野が口をはさんだ。

「顔？」

「返り血が顔にまで飛んだのを洗い流そうとしたんじゃないですかね」

「それなら、洗面台で洗えばいいだろう？　何もわざわざ浴室のシャワーを使わなくても」

諏訪がすぐに反論した。浴室の横には鏡のついた洗面台があった。もし、その鏡に自分の顔を映して、返り血を浴びていることに気付いたとしたら、その場で顔を洗おうとするものじゃないだろうか。

なぜ犯人がわざわざ浴室のシャワーを使ったのか、諏訪には釈然としなかった。

「ま、人を殺したあとなので、気持ち悪くてシャワーを浴びたとも考えられますね」

「とにかく――」

諏訪は気を取り直すような口調で、鑑識員に言った。

「犯人がシャワーを使ったとしたら、犯人の体毛が残っているかもしれない。排水口の残留物をよく調べてみてくれ」

「わかりました」

「警部」

そんな声がしたので、振り返ると、若い捜査官が足早に浴室にやってきた。

「さっき、被害者の勤め先から電話が入りました」

「勤め先はどこだ？」

諏訪はたずねた。

「芙蓉女学院です」

「芙蓉女学院？」

諏訪の目が僅かに光った。

「被害者はあそこの教師か」

「ええ。高等部の物理教師だそうです」

「娘と同じ学校に勤めていたのか」

諏訪は独り言のようにつぶやいた。書斎らしき部屋にあった書類カバンの中から高校用の物理の教科書が出てきたので、教師という職業は予想できたのだが、まさか芙蓉女学院の教師だとは思わなかった。

「娘の方も無断欠席しているというので、父娘に何かあったんじゃないかと同僚の教師が心配して——それと、その娘ですが、警部に何か話したいことがあると言ってますが」

向こうにいるというように、若い刑事はダイニングルームの方を振り向いた。

諏訪は怪訝《けげん》そうな顔になると、すぐに浴室を出て、ダイニングルームの方に行った。

白いカーディガンを羽織ったままの高杉いずみが不安そうな顔で立っていた。

「何か話があるそうだね」

諏訪がそうたずねると、いずみはこっくりと頷いた。

「あの、あたし、思い出したんです」

いずみはおずおずとした口調で言った。

「思い出したって何を？」

「養父《ちち》は養母《はは》が病気で亡くなった直後、ショックで不眠症にかかったことがあったんです。そのとき、お医者さんから強い睡眠薬を処方して貰って、しばらく飲んでいたことを——」

「それが何か？」

諏訪は高杉いずみが何を言い出すのか、見当もつかずに聞き返した。

「あたし、それを飲まされたんじゃないかって気がして」

いずみは自信のなさそうな口ぶりでそう続けた。

「飲まされたって、睡眠薬をかね？」

「はい。昨日の夜は本当におかしかったんです。あんなことは今まで一度もありませんでした。夕飯を食べてすぐに眠くなるほど疲れるようなことをしたおぼえもないし。それに、あの眠気は異常でした。それで、あたし、気が付いたんです。もしかしたら、食後に養父がいれてくれたコーヒーに睡眠薬が入っていたんじゃないかって。だから、あのあと急に眠くなって、あんなに朝寝坊してしまったんじゃないかって――」

「お父さんがコーヒーの中に睡眠薬をいれたというのかね」

「そうとしか考えられません。養父とあたししか家にはいませんでしたし、養父はコーヒーには少しうるさい人で、いつも自分でいれていました」

「しかし、なぜ？」

諏訪はじっと高杉いずみを見詰めた。少女はつぶらな瞳《め》を見開いて、まっすぐ刑事の顔を見返している。嘘をついているような目には見えなかった。

「わかりません。もし養父がしたことなら、どうしてそんなことをしたのか」

いずみは溜息《ためいき》をついて弱々しくかぶりを振った。

「ただ――」

いずみはふと思い付いたというように、床を見詰めながら言った。

「ただ?」

「夕食のあと、誰か来る予定になっていたのかもしれません」

「誰かって?」

「わかりません。ただ、なんとなくそんな気がしたんです。養父はずっと時間を気にしていました。食事をしていても、時計ばかり見ていました。何か待っているように見えました。もしかしたら、養父はその人をあたしに会わせたくなかったのかもしれません。それで、あたしが早くベッドに入ってしまうように――」

諏訪はいずみの話を聞きながら、考えこんでしまった。いずみの話通りだとすると、たしかに、彼女がいつもより早くベッドに入って、いつもより遅く起きたことの説明はつく。

しかし、疑問点がそれですべて解決するわけではなかった。かりに、高杉久雄が、娘に会わせたくない誰かに会うつもりでいたとしよう。それならば、わざわざ娘に睡眠薬を飲ませて眠らせなくても、その人物と外で会えばいいではないか。

それとも、何らかの事情で、その人物に会うには、自宅である必要があったのか。あるいは、ここで会うというのは、高杉ではなく、その人物の方から言い出したことなのか。

ともあれ、これはありふれた強盗殺人なんかではない。犯人が部屋中を荒らし、預金通帳や現金を持ち去ったらしいのは、金めあての強盗の仕業に見せ掛けるためのカムフラージュではないかと、諏訪のベテラン刑事としての直感が耳元でそうささやいていた。

6

脇坂一郎が三階にある社会科研究室からおりてきて、職員室へ入ろうとしたとき、職員室の中はそれこそ蜂の巣をつついたような騒ぎになっていた。

「何かあったんですか」

脇坂は手近にいた宮本《みやもと》という若い男性教師にたずねた。

「高杉先生のおたくで大変なことがあったらしいんですよ」

「なんです。大変なことって」

脇坂ははっとして高杉の席を見た。空席になっている。厭《いや》な胸騒ぎがした。そういえば、今朝の朝礼で高杉久雄の姿が見えなかったのを思い出した。

まさか、あの『少女A』の正体は高杉いずみで、そのことで何か起こったのか——という想像が脇坂の頭を一瞬よぎった。

宮本教諭は、「ぼくも今聞いたばかりなんですが」と前置きをしてから、「どうも、昨夜、高杉先生の家に強盗が入って、先生が殺されたらしい」と教えてくれた。

「強盗⁉」

脇坂はつい大声をあげてしまった。

「それ、本当ですか」

半信半疑という顔で、宮本にたずねた。

「高杉先生が無断欠勤しているのを不審に思った三年の先生が自宅へ電話したら、刑事が出てそう言ったっていうんですから間違いないでしょう」

「高杉いずみは——先生の娘さんはどうなんです。彼女は無事なんですか」

「彼女は無事だそうです。でも、先生の遺体を最初に発見したのが彼女だったらしくて、ショック状態らしいんですよ」

高杉久雄の家に強盗が入った。高杉は殺され、いずみは無事だという。しかも、養父の遺体を発見したのはいずみ……。

これは偶然だろうか。

高杉いずみは、『少女A』である可能性のある生徒の一人だった。

高杉久雄を殺したのは本当に強盗なのか。

そんな疑惑がちらりと頭をよぎった。

まさか、高杉いずみが強盗の仕業に見せ掛けて養父である高杉を——?

まさか。まさかね。

脇坂はすぐに自分の頭に浮かんだ疑惑を打ち消した。

あの子が『少女A』であるわけがない。あんな子供っぽい、度の強そうな眼鏡をかけた子が。

しかし——

「先生」

戸口のところで呆然《ぼうぜん》としていると、背後から声をかけられた。

振り返ると、高等部一年の記章をつけた生徒が三人、スクラムをくむようにして、脇坂を見上げていた。

「あの、あたしたち、一年二組の者ですけど、高杉先生が殺さ——」

そう言いかけた生徒の脇を右隣にいた生徒が肘《ひじ》でつついた。

「亡くなったって本当ですか」

口火をきった生徒はそう言い直した。職員室で発生した噂は、驚くべきスピードで生徒間にも伝わってしまったらしい。

「さあ、ぼくはよく分からないんだが」

脇坂はうろたえながらそう答えた。

「ねえ、花井先生に聞こうよ」

生徒たちはひそひそ相談しあうと、ペコンと頭をさげて出て行った。

一年二組といえば、たしか高杉いずみのクラスではなかったか。

三人の生徒たちの姿を見送りながら、脇坂はふと思った。

7

その夜。諏訪が保谷《ほうや》にある自宅に帰宅したのは、既に午前一時を回った頃だった。いつもは、この時間帯では電気が消えている居間にはまだ明かりが灯っていた。

諏訪は二年前妻を亡くし、娘の順子と二人暮らしだったから、居間に明かりが灯っているというのは、まだ順子が起きているということを示していた。

合鍵《あいかぎ》で中に入ってみると、驚いたことに、玄関の三和土《たたき》には、紺や黒の小ぶりの靴が三、四足、クッキーでもばらまいたような恰好《かっこう》であちこちに散らばっていた。

順子の友達が来ているらしい。

諏訪は疲れがどっと出たような顔で、野放図に脱ぎ散らかされた靴を一足ずつ几《き》帳面《ちょうめん》に揃えてから、「ただいま……」と奥に向かって声をかけた。

「あっ」

「おとうさん？」

「帰ってきた」

「きゃっ。どうしよう」

「順子、順子」

「早く、出なよ」

靴と同じようなてんでんバラバラの黄色い声が奥から聞こえてきた。

三和土を占拠している靴たちに遠慮するように、隅の方で自分の靴を脱いでいると、待ち兼ねたような顔で順子が飛び出してきた。

「おかえりなさい」

「友達、来てるのか」

諏訪はむっつりした顔でたずねた。

「うん。あのね――」

「友達よぶのはいいが、なんでこんな時間までいるんだ。もう一時だぞ。うちの人が心配してるだろうが」

「だいじょうぶ。みんな、うちに泊まるって電話しておいたから」

順子はけろりとした顔で言った。

「だけどな――」

諏訪が小言を言おうとすると、

「ねえ、それより、高杉先生を殺した犯人つかまった？　犯人は強盗だって本当？」

居間に入って行くまで、順子は、餌《えさ》を持って現れた飼い主にまとわりつく子犬のように、諏訪の周りにへばりついて質問を浴びせ掛けた。

「おとうさんから詳しい話、聞きたくてさ、それで今まで、みんな寝ないで待ってたんだよ」

そういうことか。諏訪は腹の中で苦笑した。いつもなら、諏訪が帰るまで起きていたことなどない娘なのに――

「お帰りなさい」

「お邪魔してます」

居間に入ると、ソファに座っていた三人の少女たちが一斉に立ち上がって挨拶《あいさつ》した。声だけ聞くと、何百人いるのかと思ったが、三人しかいなかった。

午前一時をすぎたというのに、疲れ切って帰ってきた諏訪を圧倒するように、少女たちの目はランランと輝いている。

まるで獲物を狙《ねら》うことをおぼえた豹《ひょう》の子供のようだ。

テーブルの上にはスナック菓子やらジュースの缶が散らばっていた。順子だけは私服に着替えていたが、三人の少女たちは制服のままで通学カバンを持っていた。目白《めじろ》にある芙蓉女学院から家にはよらずに直接やって来たらしい。

これは一言注意しておかなければ、と諏訪は考え、渋い顔で口を開きかけると、

「あのおとうたま――いて、舌、かんじゃった。高杉先生が強盗にお殺されたって、本当なのでございますか」

ふくよかに太った少女が身を乗り出すようにしてたずねた。言っている本人も舌をかむような奇妙な敬語に気をとられて、諏訪は小言を言う機会を失ってしまった。

「…………」

諏訪が黙っていると、

「高杉さんは無事だったんですか。今日、無断欠席してたんですけど」

もう一人の少女が心配そうに言った。

「久美子は高杉さんと同じクラスなんだよ」

順子が説明するように言った。

「変だと思ったんだよ。あの優等生が無断欠席なんてさ。そしたら、高杉先生も無断

欠勤してるって言うじゃん、これは天変地異の前ぶれか、父娘そろって、鬼のカクランかって――」

久美子という少女は順子に向かってそう言いかけ、諏訪がいることを思い出したように、はっと口をつぐんだ。

「きみたちは高杉いずみさんとは親しいのかね」

諏訪はようやく口を開いた。

「親しいってほどじゃないよね」

順子が友達三人の顔を見ながら言った。

「久美子以外はクラスが違うし――」

「高杉さんって、あまり友達いなかったみたい。うちのクラスでも彼女と仲よくしてる子っていないよ。お弁当とか、いつも一人で食べてるし」

久美子が言った。

「だって、学年トップの優等生じゃねえ。気楽に口もきけないって感じ。しかも、父親があの鬼の高杉じゃ、うっかりしたことしゃべれないじゃない」

もう一人の少女が口を歪《ゆが》めて言った。

「鬼の高杉？」

　諏訪は聞き返した。

「陰でそう呼ばれてるんだよ。授業も厳しいらしいし、生活指導もやってるから」

　順子がそう説明した。

「その高杉先生だが、娘さんとの仲はどうだった？」

　諏訪は誰にともなくたずねた。

「どうって――べつにふつうじゃないかな。ねえ？」

　久美子が順子の顔を見ながら言った。

「仲が悪いってわけじゃないだろうけど、学校ではお互い、あえて知らん顔してるって感じだったよ、あの二人」

「なにせ、なさぬ仲ですから」

　太った少女が思わず口がすべったというように言った。順子の顔が僅《わず》かに強張《こわば》った。

　高杉いずみが高杉家の養女であることは、近所や学校で聞き込みをしている間に、諏訪も情報としてすでに得ており、一人娘が通っている学校どころか、その娘が養女だったことまで同じだったのかと、内心、その偶然の一致に驚いていた。

「そ。うちと同じ。ねえ、おとうさん」

順子はややわざとらしい笑顔になって、甘えるようにそう言った。太った少女はバツの悪そうな顔をしていた。

諏訪夫妻が順子を養女にしたきっかけは、高杉夫妻の場合とよく似ていた。順子の実の両親——といっても、母親は順子を生むとすぐになくなったらしく、順子は三歳まで父親に育てられたのだが——の死が、夫妻が順子を引き取るきっかけになった。

「おいおい、もうこんな時間じゃないか。明日、起きられないぞ。さあ、もう今日はこのくらいにして寝なさい」

諏訪は腕時計を見ながら言った。

「えー。でも、まだ事件の話何も聞いてない」

順子が不満そうに鼻を鳴らした。

「まだ何も分かっていないよ。さあ、行った行った」

諏訪は少女たちを追い立てる真似をした。少女たちはつまらなそうに立ち上がった。

「おやすみなさい」

居間に残った諏訪に向かって口々にそう言うと、順子を先頭にして二階にあがっていった。二階に順子の部屋がある。

諏訪はようやく背広を脱いでネクタイをゆるめた。ワイシャツの胸ポケットから煙草を取り出すと、一本くわえて火をつけた。くわえ煙草でコーナーボードの上のポットのところまで行くと、傍らの盆の上のきゅうすと湯飲みを取って、それでお茶をいれた。

ポットの湯はすでにさめかけており、お茶はぬるかった。

「鬼の高杉か」

ソファに座り直すと、そう口に出してつぶやいた。昼間、芙蓉女学院での聞き込みは他の捜査員にまかせて、諏訪と浜野は、高杉家のホームドクター的存在らしい、あるクリニックをたずねていた。

そこの医師から聞いた話だと、たしかに娘のいずみの言った通り、妻のゆきえが亡くなった直後、高杉は不眠を訴えるようになり、医師は睡眠薬を渡したと証言した。高杉が貰った睡眠薬を全部使い切らずに取っておいたとしたら、それをいずみに飲ませたとも考えられるのである。

しかし、問題はその理由だ。なぜ、日曜日の夜、娘を早く眠らせてしまう必要があったのか。いずみの言うように、誰か、彼女に会わせたくない人物に自宅で会うためだったのだろうか。

日曜の夜の九時以降、高杉邸を訪れた人物を見掛けた者はいないか、近所を聞き込んでみたが、今のところ、目撃者は出ていなかった。

疑問点はもう一つあった。聞き込みの結果、高杉が建てたばかりの家のローンと妻の入院費のために、株に手を出して失敗し、その穴埋めにサラ金から金を借りていたらしいという事実である。

これは近所からも、また学校の同僚からも、同じような証言を得ているから、まず事実と思って間違いあるまい。

高杉に株を教えたのは、同僚の数学教師だったらしいが、その教師の話によれば、高杉は一度遊び半分で株をやって、けっこう儲《もう》けたことがあるらしい。それで、柳の下の二匹目のどじょうを狙《ねら》ったわけだろうが、この種のギャンブルめいたものは、金銭的な余裕があって、半ば遊びでやるときはうまくいくものだが、金に困って藁《わら》にもすがるような思いで手を出したときは、おおかた失敗するものらしい。

高杉の場合もその典型例だったようだ。一時はサラ金の取り立てらしい連中が自宅だけではなく、学校の方まで押し掛けてきたことがあったらしい。しかし、その後、高杉はサラ金からの借金は奇麗に返したという。

諏訪が疑問に思うのはここだった。高杉の給料があがったわけでもなく、教師以外のアルバイトをしたわけでもないらしいのに、高杉は高利の借金を返済している。一体、この金はどこから捻出《ねんしゅつ》したのだろうか。

同僚の話では、奥多摩《おくたま》に山林を持っている親戚《しんせき》が窮状をみかねて、山を売って作ってくれた金だと高杉は言っていたというのだが。

しかし、これも妙な話である。そんな親切な親戚がいるなら、高杉がサラ金に手を出す前に援助してくれてもよさそうなものではないか。

それに、親戚などというものは、不幸なときは寄りつかず、宝くじをあてたとか高額の金を拾ったとか、何か幸運に恵まれたときに限って、こんなに沢山いたのかと呆《あき》れるほど集まってくるものだとばかり思っていた諏訪にとって、わざわざ山を売ってまで金を都合してくれるような親切な親戚が世の中にいるということが信じられなかった。

高杉が同僚に話したことは嘘で、何か別の方法で金を捻出したのではないか。それも、あまり人には言えないような方法で。そして、それがひょっとすると、今度の事件の引金になっているのではないか。

諏訪は、この事件について、まずそんな見方をしていた。

さらに、見方を変えて、別の角度からも考えていた。娘のいずみである。

聞き込みによれば、高杉は学校では厳しい教師だったらしい。とすれば、家庭でも厳しい父親だったのではないだろうか。さっきの順子たちの話からもうかがえるように、高杉いずみは優等生ゆえに学校では孤立していたようだ。

いずみに友達がいないのは、彼女の性格的なものもあるだろうが、父親が厳格な教師だということが、同年配の少女たちにはうっとうしかったようだ。もし、いずみ本人も、そんな父親の存在をうっとうしいと思うようになっていたらどうだろう？

まして彼女は高杉の実子ではなく、養女である。父と娘に血のつながりはないのだ……。

高杉いずみの澄んだ目を見ると、彼女が嘘をついているようには思えなかった。しかし、諏訪は長い刑事生活のなかで、澄んだ目をしたひどい嘘つきには何人も出会っている。目が澄んでいるとかいないとかは、その人物を白か黒か決める際に、何の材料にもならないことを、厭というほど知っていた。

　彼女も容疑者の一人であることを頭に入れておかなければならない。そう自分に命じたものの、できれば、彼女は事件に無関係であって欲しいという願望が諏訪の中にはあった。それは、刑事としてというより、一人の父親として、である。

　高杉いずみが五歳のときに高杉家に貰われてきた養女だと聞いたとき、反射的に順子のことを連想した。

　そして、今度の事件は自分にとって、いずれ直面しなければならない運命的なものだったのかもしれないと半ば直感的に感じた。

　というのも、今度の事件の持っているファクターが、諏訪自身の人生のファクターと、偶然というには、あまりにも符合する点が多かったからだ。

　被害者の一人娘が養女で、しかも諏訪の一人娘と同じ学校に通っていた。それだけではない。高杉の妻が、病気で亡くなっていたように、諏訪の妻、聡子《さとこ》も、二年前、交通事故で亡くなっていた。雨の日の買い物帰り、信号無視のダンプカーに自転車ごと跳ね飛ばされ、内臓破裂の即死だった。

　類似点はそれだけではない。諏訪をぎょっとさせたのは、むしろ最後の類似点だった。高杉は強盗に襲われたような形で殺されていた。はたして犯人は金めあての強盗なのか、あるいは別の動機を持った人間が強盗を装ったのか、それはまだ分からなかったが、この「強盗」というファクターが、諏訪が忘れたがっていた古傷をうずかせていた。

諏訪は昔、まだ新宿署にいた頃、人をひとり殺したことがあった。諏訪が受け持っていた地区の銀行に強盗に入った犯人をつかまえようとして、足を撃つつもりが、誤って背中を撃ってしまったのである。その男は病院に運ばれて三日後に死亡した。犯罪者を逮捕するのではなく、射殺してしまったことに、諏訪は後味の悪いものを感じはしたが、自分が咄嗟《とっさ》にとった行動が間違っていたとは思わなかった。男は包丁を持っており、それで、人質にした女子行員の一人を既に傷つけていた。逃せば、他の人間をも巻添えにする恐れがあった。実際、諏訪が拳銃《けんじゅう》に手をかけたとき、男は、脅えて立ちすくむ子連れの若い主婦に近付こうとしていた。諏訪はそのとき、本能的に、男がこの主婦に危害をくわえるかもしれないと判断したのである。

しかし、その後、その男の身元が分かり、男がなぜ銀行に強盗に入ったのか、その動機が明らかになるにつれて、諏訪の警官としての自信がゆらぎはじめた。

男は前橋明男《まえばしあきお》という名の二十九歳になる大工だった。前橋を知る者は、口を揃えて、彼が、気の優しいまじめな職人だったと言った。そんな男が銀行強盗など働いたのは、誤って右腕を骨折してしまったのが原因だった。怪我《けが》のせいで、仕事にありつけなくなった前橋は、生活苦の末に、銀行に強盗に入ることを思い付いたらしかった。

前橋が住んでいたアパートに行ってみると、二、三歳くらいの幼女が声をあげて泣いていた。前橋の娘らしかった。近所の話では、前橋は妻を早くになくし、男手ひとつで娘を育てていたらしい。

前橋の遺体は明らかに栄養失調の傾向を見せていたが、幼女の方はそれほど栄養状態は悪くはなかった。前橋は自分は食べなくても、娘にはちゃんと食事を与えていたらしかった。

幼女は前橋に年恰好《としかっこう》の似ていた諏訪を父親と間違えたのか、「おとうちゃん」と言って抱きついてきた。

その身体のあたたかさに触れたとき、諏訪は自分は間違っていたのかもしれない、とはじめて思った。

しかも、前橋が包丁を持って近付いて行った子連れの主婦から、あとになって、諏訪は愕然《がくぜん》とするような話を聞かされた。

主婦は、前橋が近付きながら、「順子を、娘を頼む」と哀願したというのだ。前橋は、この主婦をあらたな人質にするつもりで近付いたわけではなかった。パトカーの出動に既に観念した前橋は、幼児を連れた主婦を見て、アパートに残してきた娘を思い出したのだろう。それで、半ば発作的に、娘のことを頼むために、見も知らぬ主婦に近付いて行ったのだった。

早まったことをしてしまった。

諏訪は心の底から、自分のしたことを後悔した。前橋の亡きがらに涙を流して手を合わせた。

そして、せめてもの贖罪《しょくざい》にと、前橋の忘れ形見である順子を、養女として引き取ったのである。順子をつつがなく育てることが、自分が誤って殺してしまった男の霊を一番慰めることになると思った。

ちょうど、妻の聡子は、はじめての子供を流産したばかりだったので、順子を引き取ることに、夫以上の積極さを見せてくれた。

諏訪は警察の方にも辞表を出したが、それは受け入れられなかった。諏訪の取った行動は、警官としては、なんら責められるべきものではなかったからである。

妻や上司の説得もあって、諏訪は辞職を思いとどまった。それに、順子を人並みに育てるためには、今ここで職を失うわけにはいかないことにも気が付いた。ただ、今後、よほどのことがない限り、二度と拳銃は抜くまいと心に誓った。

幸い、順子はすくすくと育ってくれた。もともと人なつっこい性格だったのか、ある日突然いなくなった実父を恋しがることもなく、諏訪夫婦の生活にすんなりと入ってきた。

それまで子供はどちらかといえば苦手だった諏訪が夢中で順子をかわいがった。順子の記憶から実父の面影を完全に消し去るために、そして、諏訪自身の罪を忘れるために。

順子を立派に育てあげ、一人前の娘にして、この家から幸せな花嫁として送り出してやる。それが、諏訪が、前橋の霊前に誓ったことだった。

順子の諏訪夫婦へのなつきよう、親子としての振る舞いの自然さからか、事情を知らない人は、諏訪夫婦と順子を実の親子と信じて疑わないようだった。

順子も、物心がつくかつかぬかのうちに実の両親と別れ、諏訪夫婦のもとにきたせいか、諏訪と聡子を実の親だと思っているふしがあった。できればこのまま実の親の振りをしていたかったが、戸籍上はあくまでも養女である。いずれ、順子が自分の戸籍を見て事実を知るよりも、ちゃんと自分たちの口から話しておいた方がいいと、妻に諭されて、諏訪は、順子が芙蓉女学院の中等部に入った年に、養女であることを打ち明けた。

順子はさほど驚いた風を見せなかった。「そうじゃないかと思ってた」とわりとあっさりした口調で言った。「小さいとき、別のおじさんと住んでたような記憶がある。あの人があたしの本当のおとうさんだったんだね」とも言った。それを聞いて、諏訪は胸をつかれる思いがした。忘れたような顔をしていても、やはり三歳まで一緒に暮らした実父を完全に忘れたわけではなかったのだ。

しかし、養女だというのは打ち明けられても、なぜ諏訪夫婦が彼女を養女にしたかという理由だけは打ち明けることができなかった。とりあえず、順子の実父が諏訪の親戚《しんせき》筋にあたり、不慮の事故でなくなったので、順子を引き取ったのだという風に話しておいた。

順子はそれで納得したのか、それ以上のことを聞こうとはしなかった。しかし、諏訪はいつか、順子に真実を話さなければならない日が来ると予感していた。

いずれ、順子は実の両親のことをもっと知りたいと思うときがくるだろう。そのときこそ、諏訪にとっては一番つらいことを話さなければならない。順子が父親として慕っている男が、実は、実父の親戚などではなく、実父の命を奪った張本人であることを――

諏訪はその日が来るのを、いつも心の隅で脅えながら待っていた。真実を知ったら、順子はどうするだろうか。自分を憎むだろうか。もう二度と「おとうさん」とは呼んでくれないかもしれない――

「おとうさん」

諏訪ははっと我にかえった。見ると、居間の戸口のところに順子がいた。すでにパジャマに着替えていた。

「な、なんだ。まだ起きていたのか」

諏訪は内心の動揺を隠すために、わざと叱《しか》るような口調で言った。

「ねえ、おとうさん」

順子は思いつめたようなまじめな顔をしていた。

「高杉先生を殺した犯人、早くつかまえてね」

「そんなことはおまえに言われなくても分かってる」

「あたし、べつにあの先生のこと好きじゃなかったけど、だからって、殺されていいわけないよ。それに、強盗なんて絶対許しちゃだめだよ。人のもの盗むだけでも悪いことなのに、命まで奪っちゃうなんて。あたしだったら絶対に許さない。強盗も人殺しも」

順子は強い口調できっぱりと言った。

心臓の奥が、刃物で斬《き》りつけられたようにズキリとして、諏訪は、すぐに返事ができなかった。

「わかったから、早く寝なさい。明日、起きられなくても知らないぞ」

諏訪は絞り出すような声でようやく言った。

「うん。おやすみなさい」

順子の表情がふっと緩むと、いつもの顔になって、そう言い、戸口から姿を消した。

階段を上って行くトントンという軽い足音。

諏訪はそれを聞きながら、心の中で順子の言葉を反芻《はんすう》していた。

あたしだったら、絶対に許さない。
強盗も人殺しも……。

少女

少女は裸のまま、養父の寝室のふすまをそっと開けた。養父は口を開けていびきをかいていた。少女は包丁を握り締めたまま、つま先立って、寝室の中に忍び込んだ。養父の枕元《まくらもと》まで来ると、少女の素足がピタリと止まった。感情の宿らない冷たい瞳《め》をして、寝ている男の顔を、しばらくじっと見下ろしていた。

しかし、やがて、決心がついたように、少女は掛布団をはぎとると、養父の身体の上に馬乗りになった。包丁を両手に持ってふりかざす。養父は急に自分を襲った胸苦しさに、ポッカリと目を開けた。

「お、おまえ——」

信じられないものでも見るような目で少女を見た。

少女は迷わなかった。まなじりが裂けそうなほど見開かれた養父の目を見詰めながら、ふりかざした包丁をまっすぐ下にふりおろした。

驚いて舌をもつらせている養父のはだけた胸をめがけて。色が生白く痩《や》せているくせに、モジャモジャと黒い胸毛が生えている、見るのもいやらしいその胸にむかって。

ぎゃっともぐっともつかない声が養父の口から漏れた。と同時に、胸と顔に生暖かい液体がふりかかるのを感じた。

あとは夢中だった。胸と言わず腹と言わず、めちゃめちゃに刺しまくった。そのたびに生暖かい液体が身体にふりかかる。もうどこを刺しているのか、少女にも分からなかった。

養父は二度と悲鳴をあげなかった。抵抗もしなくなっていった。ぐったりとして、身体中の筋肉が弛緩《しかん》してしまったように大の字になっていた。

少女はようやく刺すのをやめた。目を開けたまま息たえた養父の身体から起き上がった。

包丁を握り締めたまま、養父の遺体を見下ろしていた。

小さな椀《わん》を伏せたような形の好い双の乳房から、淡い陰りをもつ下腹部にかけて、真っ赤な返り血を浴びていた。

白い、人形めいた表情のない顔にも、点々と血液の飛沫《ひまつ》が飛んでいる。

肩で息をしている少女の口もとにうっすらと微笑が浮かんだ。

第三章　殺しました

1

「脇坂先生」

四時限目の授業を終えて、二階にある二年一組の教室から出てきた脇坂一郎は、階段の踊り場のところで、三階からおりてきたらしい花井恭子に呼びとめられた。

十月十九日。水曜日のことだった。

踊り場のところで立ち止まり、脇坂は振り返った。

「先生、ご存じ？」

花井はしかつめらしい顔で脇坂のそばに小走りに近寄ってきた。

各教室からどっと吐き出されてきた生徒たちが、脇坂と花井のそばをきゃあきゃあ言いながら通りすぎて行った。

「なんですか」

「今、生徒の間で妙な噂《うわさ》が広まっているのを」

花井はＬＬ用の教材を胸のところで抱えたまま、声を低めて言った。

「噂？」

脇坂は花井の顔を見詰めた。

「ええ――そういえば、先生も前にお聞きになったことがありましたよね」

花井は意味ありげな顔つきで言った。

「え」

脇坂は何のことか見当もつかずポカンとした。

「ほら、先週の木曜日だったかしら。高等部一年の生徒で、養父と二人暮らしの生徒はいないかって」

「ああ」

「もしかして、先生もあの放送を聴いてたんじゃありません？」

花井はうかがうような視線で脇坂を見詰めた。

「放送？」

「深夜放送ですよ。ラジオの」

「あ――」

「ミッドナイト・ジャパンとか言う、毎週月曜日から金曜日までやってる――」

「ええ、知ってます」

脇坂は階段をおりはじめた。花井も肩を並べる。

「お聴きになってるんですか」

「ええまあ、時々」

「それじゃ、先週の木曜日も？」

「聴いてました。木曜のパーソナリティが高校時代の同級生だと分かって、それで」

「えっ。新谷可南って、脇坂先生の同級生なんですか」

花井は驚いたような顔をした。

「ええ。ぼくもつい最近知ったんですが」

「彼女、女子高生にとても人気があるんですよ。うちの学校でもファンがいるみたい」

「そうらしいですね」

だからどうしたという顔で脇坂は花井を見た。

「いえね、先週の木曜の放送を聴いてらしたなら、先生もご存じでしょう。『少女A』の投書のこと」

やっぱりあのことか。脇坂は腹の中でそう思った。

「あれ、匿名になっていたそうですけど、うちの生徒じゃないかって、専らの噂なんですよ」

そうか。この学校の生徒の中にもあの放送を聴いた者が少なくなかったのだろう。ひそかに噂になっていたとしても不思議ではなかった。

「先生もそう思ったから、あたしにあんなことおたずねになったんでしょう？」

「ええ。実をいうと、ちょっと気になったもんだから」

脇坂は頭を掻《か》いた。

「先週の木曜から、生徒の間で、『少女A』のことが話題になっていたらしいんですが、あの事件があって、あれは高杉いずみじゃないかって噂が広まってるようなんです」

花井はさらに声を低めた。

「まさか――」

脇坂はびっくりしたような顔をしてみせたものの、内心、誰でも考えることは同じだと思っていた。

「高杉いずみが強盗の振りをして高杉先生を殺したっていうんですか」

脇坂が聞き返すと、花井は、「しっ」というように人差し指を口にあてた。きょろきょろとあたりを見回し、

「そこまでは言ってませんよ。でも、あんな投書があったあとで、あの事件が起きたわけでしょう。偶然にしては、ねえ」

花井はもっともらしく眉《まゆ》をひそめてみせた。

「でも、まさか、あの高杉先生が――」

「ええ、あたしもまさかとは思うんですけど、ああいう石部金吉みたいな人が案外ってこともありますでしょ」

「しかし――」

「それに、なんだか警察の動きがおかしいとは思いません？　昨日も学校へ来て、高

杉先生のことを根掘り葉掘り聞いていったんですよ。居直り強盗に殺されたなら、あの先生がどんな生活をしていたかなんて、関係ないじゃありませんか。あれは、もしかしたら、強盗殺人というのは見せ掛けだと警察でも思ってるんじゃないでしょうかね」

「例の『少女Ａ』のことは、もう警察の耳には？」

入ったのかというように、脇坂はたずねた。

「さあ。まだ入ってないんじゃないかしら。あたしも、昨日の放課後、部活動の生徒から聞いたばかりですからね」

「今日、高杉いずみは登校してましたか」

「ええ、ちゃんと来てますよ」

「気丈な子ですね」

脇坂は思わずそう言った。

「あの娘は勉強ができるだけじゃなくて、本当に気性のしっかりした子なんですよ。高杉先生も内心では、かなり自慢に思ってたんじゃないかしら。弁護士になるという、将来の夢もちゃんと持っていたようですし」

「弁護士、ですか」

弁護士なら、大学を出なければなれないだろう。脇坂は、新谷可南から見せられた、『少女A』の手紙の文面を思い出した。

わたしには将来どうしてもなりたい職業があります。それには、大学を出なければなりません……。

たしかあの手紙にはこんなことが書かれていたはずだ。

「なんでも聞いた話だと、高杉いずみの実の父親というのが、弁護士だったんだそうです」

「あの、高杉先生の大学時代の親友で、交通事故でなくなったという？」

「ええ。きっと彼女は、亡くなった実父の面影をどこかで求めていたんでしょうねえ。五歳といえば、もう物心がついて、実の両親のこともおぼえているでしょうし」

花井は溜息《ためいき》をついた。

2

脇坂は花井と職員室の前で別れると、ふと思い立って、学校を出て、学校前の公衆電話ボックスに入った。

電子手帳を取り出して、新谷可南のマンションの電話番号をプッシュした。高杉久雄の事件のことを知らされた月曜の夜、可南のマンションに電話をかけてみたが、留守番電話になっていた。北海道旅行から帰るのは、水曜日だとか言っていたから、今日ならもう帰っているかもしれないと思い、電話をしてみようと思ったのである。

呼び出し音が三回鳴って、受話器がはずされる音。しかし、明らかにテープと分かる可南の声が流れた。まだ帰っていないらしい。脇坂はがっかりして、電話を切ろうとしたが、すぐに思いとどまり、伝言を残しておくことにした。帰りしだい、すぐに自分の所に電話をして欲しいと。

新谷可南から電話があったのは、その夜、午後八時を少しすぎた頃だった。

「脇坂君？　あたし新谷」

可南の声は弾んでいた。あ、この声では、まだあの事件のことは知らないな、と脇坂は思った。

「電話待ってたんだよ」

脇坂はかみつくような声で言った。

「今、帰ってきたのよ。留守電にあなたからの伝言が入っていたから、とるものもとりあえず、こうして電話したってわけ。ねえ、今ごろの北海道っていいわよお。摩《ま》周《しゅう》湖なんてさ、どうせ霧がかかってて見えないだろうなって思ってたら、それがバッチリ晴れててね、もう最高――」

可南は恋人と行った北海道旅行がよほど楽しかったらしく、浮き浮きした声で旅行の話をはじめそうになった。

「それどころじゃないんだよ」

脇坂はなんとなくむかっとして、つっけんどんな口調で言った。

「どうしたのよ」

怪《け》訝《げん》そうな可南の声。

「まだ知らないみたいだな」

脇坂はちょっと冷たい声で言った。向こうのテレビや新聞でもこの事件について扱ったはずだが、遊ぶのに夢中になって、可南は気が付かなかったに違いない。

「知らないって、何を?」

きょとんとしている彼女の顔が見えるようだった。

「高杉いずみの父親が殺されたんだよ」

「え――」

可南が絶句したように黙った。

「『少女A』の可能性のあった生徒の一人だよ、高杉いずみというのは」

「おぼえてるわよ」

「きみが旅行ボケしてるんじゃないかと思って思い出させてやったんだよ」

「何、怒ってるのよ」

「え」

「あなたよ。なんだか怒ってるみたいな声じゃない」

「べ、べつに怒ってなんかいないさ。それに、何を怒るっていうんだ」

そうさ。きみが恋人と思われる男と仲よく霧の摩周湖を見に行ったとしても、おれが怒る筋合のことじゃない。

「そうだよねえ。で、なんですって」

可南は高杉の話に戻そうとした。

「殺されたんだよ。高杉いずみの養父である、高杉先生が」

「いつ？　どこで？」

「日曜の夜、自宅で」

「自宅でって、まさか、高杉いずみが？」

「いや、今のところ、強盗の仕業ってことになってるらしい。部屋が荒らされて盗まれたものがあったらしいから」

「彼女は？　高杉いずみはどうしたの。無事だったの」

「彼女は二階に寝ていて無事だった」

「居直り強盗が父親だけ殺したってわけ？」

可南の声が不審そうになった。

「そういうことらしい」

「ねえ、それ、本当に強盗の仕業なのかしら」

しばらく沈黙があったあと、可南が思い切ったように言った。

「きみもやっぱりそう思う?」

「あなたも?」

「ああ、もしかしたらって」

「『少女A』の可能性のある生徒の家にたまたま強盗が入って、養父を殺した。偶然にしては……」

「でも、あの高杉父娘に限ってまさかって思いも強いんだ――」

「警察では強盗の線で捜査を進めているのね」

「表向きはね」

「ということは?」

「警察も強盗の仕業とは頭から信じていないみたいだ。昨日も今日も刑事が来て、高杉先生についてあれこれ聞いていったらしい。強盗の仕業なら、なにも被害者の私生活を洗い出す必要はないだろう」

「それじゃ、娘を疑っているってこと?」

「高杉いずみを疑っているかどうかは知らないが。でも、きみが放送で読んだ『少女

A』の手紙のことだが、うちの生徒たちも聴いた者がけっこういたらしい。それで、あのあと、あんな事件が起きたものだから、噂になっているらしいんだよ」

「噂って？」

「だから、高杉いずみがあの手紙の主で、強盗に見せ掛けて、養父を殺したんじゃないかってさ——警察の耳にはいるのも時間の問題じゃないかな。いや、もう入っているかもしれない」

「そう……」

可南の声が力なく答えた。

「もしかしたら、あたしたち、彼女を助けるの、遅かったのかもしれないね」

「きみが北海道旅行なんかしないで、すぐに高杉いずみのところに行っていたら——」

脇坂はついそんなことを口に出してしまった。

「ちょっと。それどういう意味？」

可南の声が尖《とが》った。

「いや、その」

脇坂は口にしてからしまったと思ったが遅かった。自分の言ったことはしっかり相手の耳に届いている。

「まるであたしが悪いみたいに聞こえるわよ」

「そ、そんなこと言ってないよ。それに、まだ高杉いずみが犯人だと決まったわけじゃない。あれはやっぱり強盗の仕業だったのかもしれないし、あるいは別の犯人の可能性だって――」

脇坂はしどろもどろで弁解した。

「でも、どうしよう。噂に尾鰭《おひれ》がついたような変な形で警察の耳にはいるより、あたしの方から、警察に出向いて、あの手紙を見せた方がいいかな。なんだか、あたしを信用して手紙をくれた子を裏切るようで気が進まないんだけど――」

可南が苦りきったような声で言った。

「そうだな。その方がいいかもしれない」

「事件を担当しているのはどこの警察？」

「高杉先生の自宅があるのは田無だから、おそらく田無署かどこかだと思うけど――」

脇坂がそこまで言いかけたとき、

「ちょっと待って」

可南が鋭く制した。

「誰か来たみたい」

「え──」

脇坂は黙った。たしかに受話器を通して、チャイムの鳴る音が聞こえてきた。

「今ごろ、誰かしら」

可南の呟《つぶや》く声。

「北海道に一緒に行った人じゃないのかい」

脇坂はひやかすように言った。

「そんなはずないわ。彼は今日は来ないはずだもの」

「………」

やっぱりな。語るに落ちるとはこのことだ。

「ちょっと待ってて」

そう言うなり、可南は保留ボタンを押したらしく、メロディが流れはじめた。

脇坂は受話器を耳にしたまま、しばらく待った。同じメロディの繰り返しにうんざりしかけた頃、ようやく受話器のはずれる音がした。

「ごめんなさい」

可南の声。

「誰だったの」

「刑事ですって。あたしに聞きたいことがあるって」

「まさか、あの事件の？」

脇坂は驚いてたずねた。

「みたい。田無署の刑事だって言ったから。それじゃ、悪いけど、これで切るわ。あとでまた連絡する」

「ああ」

ガチャンと電話は切れた。

もう警察で嗅《か》ぎ付けてきたのか。

脇坂は受話器を置きながら思った。

3

もう一度チャイムの鳴る音がした。

可南はすぐに玄関に出てドアを開けた。表に、四十年配の痩《や》せた男と、二十代後半と思われる体格の良い男が並んで立っていた。

「田無署の諏訪といいます」

警察手帳を見せながら、中年男の方が言った。脂っけのない髪を無造作にオールバックにして、銀縁の眼鏡をかけたその男は、刑事というより、学者のような雰囲気を持っていた。

「同じく浜野です」

若い方も手帳を見せた。

「どうぞ」

可南は二人分のスリッパを出して、中に促した。

「どうも、夜分恐縮です。昼間、一度うかがったのですが、お留守のようでしたので」

靴を脱いで、スリッパにつま先を入れながら諏訪が言った。

「ちょっと旅行に出てたもので。ついさきほど帰ってきたばかりなんです」

「ほう。どちらの方へ?」

諏訪が笑みを湛《たた》えた顔で、世間話でもするような口調でたずねた。

「北海道です。釧路《くしろ》から摩周湖、阿寒湖を見て、知床《しれとこ》まで──」

「今ごろの北海道は良いでしょうね」

「ええ。夏もいいですけど、秋の北海道もすてきでした」

可南は刑事たちをリビングルームに通した。若い方の刑事は、いつか脇坂がしたように、へえという表情で、贅沢《ぜいたく》な調度が並べられた部屋の中をきょろきょろ見回していた。

「コーヒーでよろしいかしら」

可南はキッチンの方に行きかけた。

「いえ、おかまいなく。すぐにおいとましますから」

諏訪が慌てたように言う。

「そうですか。それじゃ」

可南はソファに座り直すと、テーブルの上の細巻き煙草に火をつけ、

「で、どういうご用件でしょうか」

とたずねた。用件の見当はついていたが、ここは何も知らない顔をしていようと咄《とっ》嗟《さ》に思ったのである。

「実は――」

諏訪はそう言いかけて咳《せき》ばらいをした。

「新谷さんは、ミッドナイト・ジャパンというラジオの深夜放送のＤＪをされていますね」

「はい。それが何か？」

「先週の木曜日の放送で、オープニングのところで、ある女子高生からきた手紙を読まれたそうですが？」

「ええ、読みました」

可南は煙草をくゆらせながら頷いた。

「匿名の手紙だったとか？」

諏訪はじっと探るような目で可南を見詰めた。

「ええ。『F女学院二年、少女A』としか書いてありませんでした」

「手紙の内容は養父に性的虐待を受けているということだったとか？」

「そうです。あの、もしかして、田無で起こった事件のことでしょうか」

可南はとうとう痺《しび》れを切らして、自分の方から言ってしまった。

「なんでも、芙蓉女学院の教師が強盗に殺されたとかいう」

「新聞等でご存じでしたか」

「いいえ。実は、ついさっき芙蓉女学院の教師の一人から電話で教えて貰ったんです。旅行中でその事件については何も知らなかったものですから」

「ほう。あの学校の先生にお知り合いが？」

「高校の同級生なんです。世界史担当の脇坂という教師が」

「そうだったんですか。しかし、またなぜ、その脇坂という先生があの事件のことをあなたに？」

諏訪は不思議そうな顔をした。

「それは——」

可南は半分ほどふかしただけの煙草を灰皿に押し付けて揉《も》み消すと、『少女Ａ』の正体を知るために、同級生の脇坂に電話をして、探偵の真似ごとをして貰ったと話した。

「あの手紙には、あたしもなんとなく引っ掛かるものがありましたので、彼に調べて貰ったんです。もし脇坂君のことを思い出さなければ、あそこまではしなかったと思いますが、ちょうど彼が芙蓉の先生をしていると、別の同級生から聞いたことがあったものですから」

「それで、手紙の主の正体は分かったんですか」

諏訪がたずねた。

「いいえ。手紙の内容に該当する生徒が三人もいたんです。高杉いずみはその中の一人でした」

「三人？」

諏訪は奇妙な表情をしていた。

「ええ。一人は病院経営者の娘で、たしか松野という生徒で、もう一人は、警官の娘で、名前は――」

そう言いかけた可南の口があっという形を作った。声には出さなかったが、あることに気が付いたのだ。たしか、三人目の生徒の名前は「諏訪」と言ったのではなかったか。しかも、住所は保谷市だった。保谷なら田無に近い。目の前の中年刑事はさっき、「田無署の諏訪」と名乗らなかったか。

まさか、この刑事が――

突然ふってわいたような思い付きに呆然《ぼうぜん》として言葉を失っていると、

「その問題の手紙ですが、お手元にありますか」

諏訪刑事は心なしか苦い表情で、話題を変えるように言った。

「え。あ、はい」

「ちょっと見せて貰えませんか」

「は、はい。少々、お待ちを」

幾分慌てて、ソファから立ち上がると、可南は寝室へ行った。

すぐに白い定形封筒を持って戻ってきた。

「これなんです」

それを刑事に渡す。

諏訪は手袋を出すとそれを手にはめてから、封書を受け取った。可南はそれをはっとした顔で見ていた。

「ワープロか」

便箋《びんせん》を開いて読みながら、唸《うな》るような声で諏訪がつぶやいた。俯《うつむ》いて手紙を読む諏訪の表情が照明の当たり具合のせいか、暗く陰って見えた。

「ワープロじゃ筆跡が分かりませんね」

諏訪の手元を覗《のぞ》きこむようにして、浜野という刑事が言った。

「でも、指紋がついているはずだ」

諏訪は読み終わった手紙を相棒に回した。相棒も手袋をしてそれを手に取った。読み終わったあと、何か言いたげな顔で諏訪の方を見たが、何も言わず、封書を諏訪に返した。

「これを少し預からせて貰えませんか」

諏訪は可南の方を見ながら言った。

「ええ、それは構いませんけど、あの指紋って？」

「筆跡は分からなくても、封筒や便箋にはこれを書いた人物の指紋がついているはずです」

諏訪はかすかに微笑して、そう説明した。

「あ、でも――あたしも触りましたし、ミッドナイト・ジャパンのスタッフも。それから、さっき言った脇坂君もそれに――」

可南は幾分うろたえて言った。指紋までは考えていなかったのだ。

「いや、ご心配なく。もしこれから特定の人物の指紋が出ればという話ですから」

諏訪はそう答えると、その封書を背広の内ポケットにしまいこんだ。

「特定の人物って、まさか高杉いずみのことですか」

可南は身を乗り出してたずねた。

「ええまあ。もしこれを書いたのが彼女だとしたら、彼女の指紋が必ず検出されるでしょうからね」

「そうなれば、養父を殺したのは、彼女だということになるのですか」

「いや、そういうことにはなりません。この手紙を書いたのが彼女だというだけで」

諏訪が苦笑いをしながら言った。

「でも、もしそれを書いたのが高杉いずみだとしたら、少なくとも、彼女には養父を殺害する動機があったということになりませんか。その中にも、自殺するか養父を殺してしまうかもしれないと書いてありますし」

可南はさらに言い募った。

「そうですね。もし、ここに書かれたことが事実だとしたら、あるいは。しかし、たとえこれを書いたのが彼女だとしても、必ずしも事実を書いたとは限らないでしょう？　あなたに読んで貰うためにわざとありもしない作り話を書いたとも考えられます」

諏訪は穏やかな口調で淡々と言った。

「ええ。それはもちろん、あたしも考えてみましたが……」

「それに、もし、これを書いたのが高杉いずみだとしたら、妙なことがひとつあるのですよ」

諏訪がふいにそう言った。

「妙なこと？」

可南は眉をひそめた。

「そうです。妙というか、彼女があえて嘘を書いたところが」

「それはどういうことですか」

「この手紙の中に、養父が少女の部屋の内鍵をつけさせてくれないという箇所がありますね」

少し思案するように黙ってから、諏訪はおもむろに言った。

「ええ。養父は少女の部屋にこっそり忍び込んでくるために鍵をつけさせなかったようです」

「そこが妙なんですよ。高杉いずみの部屋にはついていたんです」

諏訪は言った。

「ついていた？」

「内鍵ですよ。ちゃんとついていました。それも、昨日今日つけられたというものではなく、最初からドアに付けられていたようなしっかりとした錠がね」

4

「高杉いずみだが、今どこに身を寄せてるって言ってたっけ？」

新谷可南のマンションを出ると、道路脇に停めておいた車の助手席に乗り込みながら、諏訪がたずねた。

「なんでも高杉久雄の姉にあたる人の嫁ぎ先が池袋にあるとかで、たしかそちらの方に身を寄せているはずです」

浜野はシートベルトをすると、車のエンジンをかけながら答えた。

「詳しい住所は分かるか」

「ええ。メモってありますが。これから当たってみますか」

「ああ」

諏訪はやや不機嫌な表情で短く答えた。

「おやっさん。どう思います？」

車を走らせながら、浜野がたずねた。

「どう思うって、何が」

もの思いにふけるように窓の外を見ていた諏訪がちらと浜野の方に視線を向けた。

「その手紙ですよ。高杉いずみが書いたものだと思いますか」

「それをこれから確かめに行くんじゃないか」

　諏訪はむっつりとした顔で答えた。

「でも、高杉いずみは素直に白状しますかね。もし、彼女がそれを書いたのだとしたら」

「どうかな」

「おれはそれを書いたのは彼女じゃないって気がしますがね」

「なぜ」

「だって、それは、さっきおやっさんも言ったように、肝心なところが嘘だからですよ。もし、彼女が書いたのだとしたら」

「部屋の内鍵のことか」

「そうです。おれも見ましたけど、あの娘の部屋には立派な内鍵がついていましたよ。それに、手紙はワープロで打たれていましたが、高杉家にワープロは一台もなかったでしょう?」

「ああ」

「しかも、あの手紙のラストには、たしか『この家を追い出されても、わたしには身を寄せる親戚《しんせき》もいない』なんて、まるで家なき子みたいなことが書いてありましたが、高杉いずみには、身を寄せる親戚がいるじゃありませんか。げんに今、そこに身を寄せているんだから。あれを書いたのは高杉いずみではありえませんよ」

「とは限らないさ」

諏訪がボソリと言った。

「高杉家にワープロがなくても、友達の家か、どこかで借りて打ったとも考えられる。それに、あのＤＪの気を引くために、でたらめを書いたのだとしたら、高杉いずみが書いたと考えても矛盾はない」

「でも、どちらにしても、手紙に書いてある内容が、彼女の身の上に起こったとは思えませんね。いずみの部屋には内鍵がついていたのだから、養父が夜しのびこんでくることはできなかったでしょうし。だから、もしそこに書いてあることが事実だとしたら、書いたのは、もう一人の松野とかいう医者の娘じゃないでしょうか」

浜野は、諏訪に気を遣ったのか、あえて順子の名前は出さなかった。

諏訪は黙っている。

「まあ、結局、誰が書いたにせよ、ありゃ、ガセじゃないでしょうかね。だって、今どき、年ごろの娘に個室を与えておいて、鍵をつけさせない親なんていますかね」

「いるさ」

諏訪が低い声で言った。

「そうかなあ」

「ここにいる」

「え」

浜野は思わず諏訪の顔を見た。

「ここにいるって——順子ちゃんの部屋、鍵つけてないんですか」

「つけてない。中学へ入った頃から鍵をつけたがったが、おれがつけさせなかった」

「どうして？」

浜野が信じられないという顔でたずねた。

「順子には小さい頃から喘息《ぜんそく》の気があってな。よく発作を起こした。それも夜中布団に入ってからが多かった。今はだいぶ良くなっているが、いつ夜中にまた発作が起こるか分からない。鍵なんかかけて寝たら、発作が起きたとき、すぐに駆け付けてやれないじゃないか」

諏訪は何かに腹をたてているような声でそう言った。

「ああ、そうか。そういうことならしかたないですね」

浜野は合点がいったように頷いた。

「でも、順子はそうは思ってはいないようだ……」

諏訪は独りごとのように呟いた。

浜野は気遣うような視線をちらと上司に投げ掛けて、それきり黙った。

5

池袋のめざす家に着くと、付近の空地に車を停め、諏訪と浜野は、玄関のインターホンを鳴らした。表札には田代《たしろ》とある。

すぐに年配の女性の声で返事があった。警察の者だと告げると、やや間があって、施錠を解く音がしたかと思うと、ドアが開いて、小柄な中年女性が姿を現した。

どことなく面立ちが高杉久雄に似ていた。この女性が、高杉の姉とかいう人だろう、と諏訪は見当をつけた。

警察手帳を見せながら、ふと足元を見ると、玄関の三和土《たたき》には、女子学生が履くような黒い靴がきちんと脱いであった。やはり、いずみはこの家に身を寄せているようだ。

「いずみさんにうかがいたいことがあるのですが」

そう言うと、高杉の姉は、「どうぞ」と言って中に通してくれた。

応接間でしばらく待っていると、いずみが入ってきた。

前に見たときよりは顔色はだいぶ良くなっている。しかし、警察が来たというので緊張しているのか、強張った表情をしていた。眼鏡をかけているせいもあるかもしれない。

「あの、聞きたいことって？」

ソファに両膝《りょうひざ》を揃《そろ》えて、行儀よく座ると、いずみは眼鏡の奥の目をいっぱいに見開いて、諏訪の顔を見た。

「きみはミッドナイト・ジャパンという番組を知ってるかね？　ラジオの深夜放送の」

諏訪はさっそく切り出した。

いずみの顔にはっとした色が浮かんだ。

「ええ、知ってます」

「聴いたことある？」

「時々」

「木曜日のパーソナリティは誰だか知ってる？」

「新谷可南さんでしょう。少女小説作家の」

いずみは澱《よど》みなくスラスラと答えた。

「芙蓉女学院では新谷さんのファンが多いんだってね」

「らしいですね」

いずみは冷ややかな声で答えた。

「きみはファンではないのかな」

「べつに」

いずみはやや侮蔑《ぶべつ》的な表情をすると、眼鏡を指でおしあげた。

「あたしは、あんまり少女小説なんて読みませんし、深夜放送もたまに気が向いたとき聴くだけですから」

「それじゃ、新谷さんに悩みごとを相談する手紙を書いたことなんてないのかな」

「ありません」

いずみはきっぱりと言った。

「この手紙なんだが」

諏訪は背広の内ポケットから例の手紙を指紋をつけないように指の間に挟んで取り出した。それとなくいずみに見せた。現物を手に入れたことを示して、いずみの反応をうかがうつもりだった。封書を見たときのいずみの顔は無表情と言ってよかった。頰の筋肉ひとつ動かなかった。

「知りません」

手紙に注がれていた視線が、また真っすぐ諏訪の顔に注がれた。

「これを書いたのはきみではないんだね」

諏訪は念を押すようにたずねた。

「違います」

いずみはきっぱり否定した。強い口調だった。

「そうか」

諏訪はそうつぶやいて、手紙をまたポケットにしまった。

「あの、それがどうかしたんですか」

いずみはしばらく黙っていたが、痺《しび》れを切らしたような口調で、そうたずねてきた。

「実は、この手紙は芙蓉女学院一年の生徒から新谷さんに送られてきたものらしいんだ」

「それがどうしてあたしだと？」

いずみは軽く首をかしげた。

「内容からね――」

諏訪がそう答えたとき、応接間のドアが開いて、コーヒーの香りとともに、さきほど玄関に現れた女性が入ってきた。

コーヒーを諏訪たちに配ると、すぐには出ていかず、心配そうな顔つきで、いずみの隣に腰掛けてしまった。

「内容からって、そこには何が書いてあったんですか」

いずみがやや不安そうな表情でたずねた。

「先週の木曜のミッドナイト・ジャパンを聴かなかった？　この手紙をオープニングのところで新谷さんが読んだはずだが」

「聴いてません」

いずみは首を横に振った。

「この手紙をくれた生徒は養母を亡くして養父と二人暮らしだというんだ。ところが、その養父が、夜になると部屋にやってきては、その——なんていうか、性的虐待を繰り返すようになったらしい。この生徒はそのことを悩んで、新谷さんに相談を持ち掛けてきたんだよ」

諏訪は幾分口ごもりながら説明した。話すより、手紙を読ませた方が早いが、指紋の問題があるのでそれもできかねたのである。

「そ、それがあたしだっていうんですか」

怒りか恥ずかしさのためか、あるいはその両方からか、いずみの顔がさっと紅潮した。

「一応、きみの家庭環境がこの生徒の書いてきたものにあてはまるからね——」

「養父《ちち》はそんな人じゃありませんっ」

いずみは少し高い声を張り上げた。

「あたしは養父に、そんなけがらわしいこと、いっぺんだってされたことありません」

「そうですよ。何をおっしゃるんですか。弟は教師をしていたんですよ。芙蓉女学院という伝統ある名門校の教師だったんですよ。そんなハレンチなことするわけないじゃありませんかっ」

高杉の姉まで声を張り上げた。

「それに、刑事さんもごらんになったでしょう」

いずみは、おばの逆上ぶりを見て、かえって冷静になったのか、感情を押えた低い声になって言った。

「あたしの部屋には内鍵がついていました。たとえ、養父が夜こっそり入ろうとしても、あの鍵さえ差してしまえば入れないじゃありませんか」

諏訪は黙って頷いた。

「養父の名誉のためにハッキリと申し上げますけど、それを書いたのはあたしじゃありません。もし、お疑いになるなら、筆跡鑑定でもなんでもなさったらいかがですか」

「いや、それはできないんですよ。この手紙は全部ワープロで書かれているんで」

浜野が横から口を挟んだ。

「ワープロ？」

いずみは聞き返した。

「それなら、もっと証明しやすいわ。うちにはワープロなんてありません。養父もあたしもワープロなんか使っていませんでしたから。家捜しでもなんでもして確かめてみてください」

「いや、わかりました」

諏訪は苦笑して手を振った。いずみが本気で怒っているようにも見えたし、そばにいるおばの手前、怒っている振りをしているようにも見えた。

もし、いずみがこの手紙を書いたとしても、養父の姉であるおばの前で、それを認めることはできないだろう。

「一つ、うかがいたいことがあるのですが」

諏訪は話題を変えるように、高杉の姉の方に顔を向けた。

「何でございましょう？」

まだ怒っているような顔で高杉の姉は言った。

「高杉さんのご親戚で、奥多摩に山林を持っている方はいらっしゃいますか」

「奥多摩？」

姉の口がポカンと開かれた。

「奥多摩に親戚なんていませんよ」

怪訝《けげん》そうに姉はそう答えた。やはりそうか。諏訪は腹の中で唸った。

「あの、それが何か？」

「高杉さんがサラ金から借金をしていたのはご存じでしたか」

そうたずねると、姉の顔が曇った。

「え、ええ。その件で、取り立て屋に悩まされている。せめて利子だけでも返したいので、少し都合してもらえないかと泣きつかれたことがあります。なんとかしてやりたいのはやまやまだったんですけれど、うちも、長女を嫁に出して、下を大学に入れたばかりだったので、何かと物入りで。焼石に水程度の援助しかできなかったんです。心苦しく思っていたところ、ある日、弟から電話がありまして、その件は解決した。サラ金への借金は奇麗に返済したから安心してくれと――」

「その金はどこで手に入れたと？」

「株で儲《もう》けたと言っていました」

「株？」

浜野が意味ありげな目付きで諏訪の方を見た。

「なんでも同僚の先生が株をやっていて、その先生に教えられてやってみたら、うまくいったとか。とりあえず、それで金利の高いサラ金からの借金はすべて返したからと言われてほっとしていたんです」

「そうですか。いや、どうも夜分お邪魔しました」

諏訪はそう言って腰を浮かした。

田代邸の玄関を出るや否や、浜野が鬼の首でも取ったような顔で言った。

「妙ですよ。高杉久雄はサラ金に返した金を同僚の教師には、親戚から融通して貰ったと言い、姉には、株で儲けたなんて言ってたなんて。どちらにも嘘をついてたことになるじゃないですか」

「つまり、同僚にも姉にも言えないような方法で手にいれたというわけか」

「そうとしか考えられませんね」

諏訪と浜野は田代邸から少し離れた空地に停めておいた車の方に歩きはじめた。

「どんな方法が考えられる？」

諏訪が言った。

「まさか強盗に入ったわけじゃないだろうし。何か後ろ暗いアルバイトでもしたのかな。これが若い女性かなにかだったら風俗関係でちょっと働いてってことも考えられるんですが、高杉みたいな中年男じゃねえ、金貰ってもいらないって断られるのが関の山でしょうし——」

浜野が頭をガリガリかきながら、そう言いかけたとき、背後から足音がして、「刑事さんっ」という声がした。

振り返ると、今別れたばかりの、高杉いずみだった。

「刑事さん。お話があるんです」

いずみは息をはずませて、諏訪たちに追い付くと、強張った表情でそう言った。

「おばの前では言えないことだったので……」

いずみは二人を追い掛けてきたことをそう弁解した。

「まさか、あの手紙はやっぱりきみが？」

浜野が先走りして言った。

「いいえ。違います。あの手紙を書いたのはあたしじゃありません。それは本当です」

いずみはきっとした顔で浜野を見た。

「それじゃ、おばさんの前で言えなかったことって？」

「養父《ちち》がサラ金に返したお金のことです」

「きみは何か知ってるのかね」

諏訪の目が光った。

「養父から直接聞いたわけではないんですが――」

いずみは言いにくそうに口ごもった。

「でも、養父がおばに言ったことは、あれは嘘です」

「株で儲けたということだね？」

諏訪が言った。いずみは大きく頷いた。

「儲けたどころか、損をしたはずなんです」

いずみは眉を曇らせてそう言った。

「養父はたぶん、おばを心配させまいとして、あんな風に言ったんだと思います。本当は――」

いずみはそこまで言って、暗い顔になると俯《うつむ》いてしまった。

「本当は？」

諏訪は先を促した。

「養父は――」

いずみは下を向いたまま黙っていたが、決心がついたように、顔をきっとあげると、諏訪の目をまっすぐ見詰めて言った。

「誰かを恐喝していたんじゃないかと思うんです」

6

「恐喝？」

浜野が驚いたような声をあげたが、諏訪は表情を変えなかった。ある程度想像していた答えであったからだ。

高杉が誰かの弱みを握って、その人物からそれをネタに金を都合して貰ったのではないか。そんな考えは既に諏訪の頭をよぎっていた。

「養父の名誉のために、できれば話したくなかったのですが」

いずみは苦しそうな目で言った。

「養父はサラ金に返したお金のことを、あたしには、池袋のおばさんから融通して貰ったと言ってました。でも、あたしにはすぐそれが嘘だと分かりました。それに、あたし、いつだったか、養父が変な電話をかけているのを聞いてしまったことがあるんです」

「変な電話？」

諏訪は聞き返した。

「ええ。あれはたしか、去年の十二月のはじめ頃だったと思います。その日、あたしは学校から帰ってくると、気分がすぐれなかったので、二階の部屋で寝ていました。養父が帰ってきた頃、二階の部屋の電気が消えていたので、養父はてっきりあたしがまだ帰ってないと思ったのでしょう。それで、あんな電話をかけたのだと思います――」

「どんな電話だったのかね」

諏訪がたずねた。

「全部聞いたわけではありませんが、あたしが下におりてきたとき、『あんただって、こんなことが世間に知られたら困るだろう』って、養父がどなるように言っているのが聞こえてきたんです。まるで誰かを脅《おど》しているような口ぶりでした。あたしは、あんな養父の声を聞いたことがなかったのでびっくりしてしまって。あたしに気が付くと、養父はひどく慌てたように見えました。まだ話の途中みたいだったのに、『また電話するから』と相手に言って、すぐに電話を切ってしまったんです」

「聞いたのはそれだけだったのかね」

「ええ。でも、あの奇妙な電話のことがあって、一週間くらいして、養父はサラ金からの借金を全部返したようなんです。だから、もしかしたら、あの電話の相手からお金を融通して貰ったんじゃないかと――」

「なるほど」

　諏訪が唸《うな》るように言った。

「でも、刑事さん、分かってください。たとえ養父が誰かの弱みを握って、それでお金を要求していたとしても、養父も切羽詰まってしたことなんです。養父はなんとか養母を助けようとしていました。そのためなら、お金はいくらかかってもいいと思っていたんです。でも、うちにそんなに沢山お金はないし、養母の入院費や家のローンとかで、養父は思いあまって、サラ金に手を出してしまったんです。そのうち、サラ金の取り立てが厳しくなって、うちや学校まで取り立て屋が来るようになってしまって――。

養父だって、あんなことをしたくはなかったと思います。あれは、追い詰められて、しかたなくしたことだったんです。それまでは本当に、教師の鑑《かがみ》のような清廉潔白な人だったんです。養父はあたしや養母を守るために、きっと、嫌々あんなことを――」

いずみはそこまで堰《せき》を切ったように話すと、両手を顔にあてて、啜《すす》り泣きはじめた。

諏訪はいずみの肩に手を置いて、慰めるように、二、三度、軽くたたいた。

「――あたし、こんな話、黙っていようと思ったんです。養父の名誉を傷付けることになりますから。それに、たしかな証拠があるわけでもないし。

でも、もしかしたら、今度の事件は行きずりの強盗の仕業なんかじゃなくて、養父に弱みを握られてお金を都合した人が、養父の口をふさぐために、強盗の振りをして、養父を殺したんじゃないかって、思えてきたんです。あの日、養父はその人とうちで会うつもりだったんじゃないかって。だから、その人と会うのをあたしに見せないために、睡眠薬をコーヒーにまぜて飲ませたんじゃないかって――」

「しかし、そうだとすると、なぜ高杉さんはその人物とわざわざうちで会おうとしたのだろうか。何もうちで会わなくても、外で会えばいいだろうに」

諏訪が考えこみながら言った。

「ええ。あたしもそれが腑《ふ》に落ちなかったんですが」

いずみは鼻水を啜《すす》りあげながら、訴えるような目で諏訪を見た。

「でも、さっき、刑事さんから、ミッドナイト・ジャパンの新谷さんのところにきた手紙というのを見せて貰って、ふと、ひらめいたことがあるんです」

「何を？」

諏訪が鋭い目になって、少女を見返した。

「あの手紙はもしかしたら、養父を殺した犯人が書いたものではないかって」

「なぜそう思うのかね？」

「あたし、こう考えてみたんです。養父を殺した犯人は、動機を知られたくなかったんです。それで、本当の動機を隠すために、偽の動機と犯人をでっちあげようとしたんじゃないかって」

「それが――」

「あの手紙だったんです。実をいうと、刑事さんに見せて貰う前から、あの手紙のことは知っていました。あたしはあの放送を聴いていませんでしたが、クラスメートで聴いていた人がいたらしくて、朝、登校したら、もう噂が広まっていたんです。それとなく、あたしの耳にも入ってきました。あれを書いたのはあたしじゃないかって思ってる人もいたみたいです。あんな手紙がラジオで放送されたあとで、養父が自宅で殺されれば、誰だって、あたしと養父の間に何かあって、あたしが強盗に見せ掛けて、養父を殺したんじゃないかと思うんじゃないでしょうか」

「………」

諏訪は内心、舌をまいていた。高杉いずみの推理は、論理的で破綻《はたん》がなかった。初対面のときから、利口そうな目をした娘だとは思っていたが、たんなる優等生ではないらしい。

そういえば、いずみの部屋の本棚には、あまり女の子が読まないような推理小説が数多く並んでいたことを、諏訪は思い出していた。

「刑事さんだって、あたしが怪しいと思っていたんじゃないですか」

いずみはちらと挑むような光をその目に湛《たた》えた。

「いや、それは——」

「もし、日曜日の夜、うちで会うというのが、養父ではなくて、犯人の方が言い出したことだとしたら、犯人は最初から、養父を自宅で殺して、あたしの仕業に見せ掛けるというたくらみがあったんじゃないでしょうか。それに、もしかしたら、あたしに睡眠薬を飲ませて眠らせるというのも、養父が考えついたんじゃなくて、犯人がそれとなく養父に教えたのかもしれません。睡眠薬を使うなんて、いかにもお医者さんの考えそうなことですから」

「医者？」

諏訪は聞き咎《とが》めた。

いずみははっとしたように口を押えた。

「犯人は医者だというのかね」

「いえ——」

いずみは困ったように俯いた。

「きみは犯人に心あたりがあるんだね」

諏訪はやや厳しい口調で言った。高杉いずみは漠然とした推理を話しているのではなく、誰か特定の人物を念頭において、今までの話をしたのではないかと、諏訪は思い至った。

「あの人が犯人だと決め付けているわけではありませんが、もしかしたら、養父に秘密を握られていたのは、あの先生じゃないかと」

いずみは急に歯切れの悪い口調になった。

「あの人というのは？」

諏訪はさらに追及した。

「あたし――」

いずみは渋々というように言った。

「あの変な電話を聞いたあと、養父が誰と話していたか気になって、養父がいなくなってから、こっそりリダイヤルボタンを押してみたんです。もし養父の方からかけたなら、相手が分かると思って。そうしたら、出たのは――」

「誰だったんだね」

諏訪はごくりと唾《つば》を飲み込んでからたずねた。

いずみはハッキリとした声で答えた。

「松野病院でした」

7

「松野病院……」

諏訪はつぶやいた。その名前を聞いたとき、どこかで聞いたおぼえがあるような気がしたが、すぐには思い出せなかった。

「病院だったのかね？」

気を取り直して、いずみにそうたずねた。

「そうです。看護婦さんらしい人が出て、そう応えましたから」

「しかし、お養父さんがその病院に電話したからといって、必ずしも相手が医者だったとは限らないだろう。たとえば、看護婦だったのかもしれないし、あるいは、そこの患者とも――」

諏訪がそう言いかけると、遮るようにいずみは言った。

「いいえ。たぶん、養父は松野先生と話していたんだと思います」

「なぜそう思うんだね」

不審そうに諏訪は聞いた。

「だって――松野先生は、一度うちに来たことがありましたし」

「それはいつ頃？」

「あの変な電話のことがあった日の二、三日前頃だったと思います。夜中に、松野先生が酔っ払った養父を車でうちまで送ってきてくれたんです。養父は何も言いませんでしたが、きっと、愛さんのことで、松野先生と外で会ったに違いないとあたしは思いました」

「あいさん？」

「一年一組の松野愛さんです。松野先生は彼女のお父さんなんです」

諏訪はあっと思った。松野という姓をどこで聞いたのか、ふいに思い出したのである。新谷可南のマンションでだ。可南の口から聞いたのだ。たしか、あのとき、新谷可南はこう言いかけた。

「一人は病院経営者の娘で、たしか松野という生徒で——」

松野という医者もまた、諏訪や高杉同様、妻を亡くし、芙蓉女学院高等部に通う養女をもつ男なのか。

「実は、去年の夏あたりから、松野愛さんのことで少し噂《うわさ》になっていました」

去年の夏といえば、いずみもその松野という生徒もまだ中等部だったはずだが、芙蓉女学院は、一応中等部と高等部に分かれてはいるものの、校舎も同じだし、エスカレーター式に中等部からそのまま高等部に上がってくる生徒が殆どを占めることから、生徒たちは中等部にいる頃からだいたい顔見知りになっているようだ。

「新宿に『アリスの園』というフルーツパーラーがあるのですが、松野さんがそこの常連だという噂が流れて、養父がその噂をとても気にしていたんです。養父は生活指導の方もやっていましたから」

「芙蓉女学院では、喫茶店への出入りは禁止されているのかね」

諏訪はややあっけに取られて、ついそうたずねてしまった。順子などは学校帰り、友達と喫茶店くらいならよく行っているようだが、と諏訪は怪訝《けげん》に思った。

「原則としては、行ってはいけないことになっています。でも、純喫茶とかフルーツパーラーくらいなら、大目に見られているんですが——」

それなら何も、という表情を諏訪はした。

「でも、その『アリスの園』という店には、ちょっとよくない評判がたっていて」

いずみは言いにくそうに口ごもった。

「よくない評判？」

「ええ。あたしは行ったことはないのですが、聞いた話だと、表向きは、メルヘンチックな飾り付けと、童話の主人公の名前なんかをつけた手作りケーキが売り物の店で、女の子たちがよく集まる店なんだそうですが、そこの経営者には、裏の顔があって、店の常連になった女の子たちに、陰でお客を紹介しているというんです……」

「客を紹介？」

諏訪は眉をつり上げた。

「え、ええ。だから、その、女子中学生とか女子高校生とかが好きな男の人に、その、女の子たちを紹介して、デートさせたり——」

その先は言いたくないというように、いずみは口をとじた。

一種のデート喫茶のようなものか。諏訪は苦い気持ちで思った。

「あくまでも噂なんで、本当のところはどうだか知らないんですが、その店に芙蓉の生徒も出入りしているみたいだって噂があって、養父は前から気にしていたんです。その出入りしている生徒の一人に、松野さんの名前があったみたいなんです。養父はこの件は徹底的に調べて、もし芙蓉の生徒で、そんないかがわしい所に出入りしている者がいると分かったら、即刻、職員会議にかけて、退学処分にすると言ってました。だから――」

いずみは上目遣いで諏訪を見た。あとは察してくれというような目付きだった。

「つまり、高杉さんは、その松野という生徒のことで、何かをつかみ、それをネタにして父親である医者をゆすっていたかもしれないと言うんだね」

諏訪はいずみが言いにくそうにしていることを代わって言ってやった。

「もちろん、養父は最初からそんなつもりで松野さんを調べたわけじゃないと思います。ただ、あのサラ金のことがあって、お金に困って、魔がさしたとしか思えません」

いずみはそう弁解して、うなだれた。

「いや、よく話してくれたね。ありがとう」

諏訪はいずみを慰めるように言った。

「迷ったんですが、もし養父を殺したのが強盗なんかじゃないとしたら、早くそいつをつかまえてもらいたくて、それで——あたし、思い切って、このことを刑事さんに話そうと思って」

いずみは涙ぐんでそう言うと、

「あの刑事さん。一日も早く、養父をあんな目にあわせた犯人をつかまえてください。お願いします」

ぺこんと頭をさげ、くるりとスカートを翻すと、小走りに走り去って行った。

少　女

少女は血の付いた包丁をダイニングテーブルの上に置くと、部屋中の戸棚や箪笥《たんす》の引き出しを片っ端から開けはじめた。

わざと中のものを引っ張り出して、あたりにばらまいた。預金通帳と印鑑と現金のはいった財布をひとまとめにしてビニール袋にいれた。

これはあとでどこかへ隠しに行こう。こうすれば、夜中に強盗が入って、一階で寝ていた養父を殺したように見えるだろう。

少女は一階の部屋をすべて、強盗が物色したように荒らしてしまうと、風呂場《ふろば》に行った。

季節は秋。夜になると、そろそろ火の気が恋しくなるほど肌寒くなっていたが、裸でいても寒さは全く感じなかった。

身体《からだ》の芯《しん》が、ちょうどろうそくに炎でもともしたように、熱く燃えていた。

血を吸った手袋を脱ぐと、シャワーのコックをひねった。熱いお湯が少女の全身に降りかかる。少女は身体中についた血を丹念に洗い流しながら、いつしか小さく鼻歌を歌っていた。

おおブレネリ、あなたのおうちはどこ……。

第四章　殺したあとで

1

十月二十日、木曜日。

諏訪と浜野は、巣鴨《すがも》にある松野病院を訪れていた。松野病院は内科と小児科だけを扱う、比較的こぢんまりとした個人病院だった。

受付の看護婦に院長の松野光一郎《こういちろう》に面会したいと伝えると、院長は今自宅に戻って昼食を取っているという答えが返ってきた。松野の自宅は、病院から歩いて五、六分のところにあるらしい。

諏訪と浜野は、看護婦から自宅の道順を聞き出すと、そちらに出向くことにした。行ってみると、松野の自宅は、瀟洒《しょうしゃ》な白亜の二階家で、駐車場には、黒いベンツが停まっていた。

門扉に付けられたインターホンを鳴らすと、中年女性の声が応えた。松野の妻はなくなったはずだから、家政婦か何かだろうと諏訪は思った。表札にも、「松野光一郎・愛」としか出ていなかった。

警察の者だが、松野さんに会って伺いたいことがあると伝えると、門扉が自動的に開いた。

玄関ドアが中から開いて、五十歳前後のエプロンをかけた家政婦らしき女性が顔を出した。

応接間に通されて、しばらく待っていると、セーター姿の松野が現れた。でっぷりと太って血色の良い大男だった。

「どんなご用件ですかな」

松野は体格に似合った野太い声でそう言いながら、ギシリと音をたてて、革張りのソファに腰をおろした。

「芙蓉女学院の高杉先生が亡くなった事件をご存じですね」

諏訪はすぐに切り出した。

「ええ。新聞で読みました。なんでも居直り強盗に殺されたとか」

松野は手にしたパイプに火をつけながら言った。

「物騒な話ですな」

「松野さんは高杉先生とはお親しかったようで」

諏訪はかまをかけるようにそう言った。

「親しいというほどではありませんよ。たんに娘が通っている学校の先生というだけで。娘の愛は芙蓉女学院の高等部一年に通っているものですから」

松野はちらと諏訪の方を見ながら言った。

「ところで、昨年の十二月のはじめ頃、高杉先生のおたくに行かれたことがあったそうですね」

諏訪がそう切り出すと、松野の幾分だぶついた頬のあたりがピクリとひくついた。

「いや、そんなことは――」

松野は否定的な口ぶりで言った。

「ありませんでしたか」

「さあ、記憶にありませんが」

松野は首をかしげた。

「それは妙ですね。高杉先生の娘さんから聞いたのですがね。あなたが酔っ払った先生を自宅まで車で送ってみえたと」

「ああ、なんだ、そのことですか」

松野はようやく思い出したような顔をした。

「新橋の行きつけの料理屋で高杉さんと食事をしたことがありまして、そのとき、ご自宅まで車で送ってさしあげたんですよ。おたくへお邪魔したわけではなかったので、忘れていました」

「ほう。高杉先生と食事をされたことがあったんですか。それでも、親しくはなかったと?」

「いや、あれは——」

松野は眉《まゆ》をひそめた。

「先生にご相談があったので、一席もうけただけです。あとにも先にも、あのときだけですよ。あの先生と一緒に食事をしたのは」

「ご相談というと?」

諏訪はさらに斬《き》りこんだ。

「娘のことで、ちょっと」

松野はそれだけ言って黙った。

「娘さんといえば、『アリスの園』という喫茶店をご存じですか」

諏訪はいきなりぶつけてみた。松野がどんな反応を示すか知りたかったのである。

松野の顔にはっとした表情が浮かんだ。

「ええ、まあ」

松野は曖昧《あいまい》に口の中で呟いた。

「娘さんがよく出入りされていた喫茶店だとか?」

「ええ……」

松野は渋々というように頷いた。

「聞くところによると、その喫茶店には何かとよくない評判があったそうですね。そのことで、生活指導担当の高杉先生から注意されたのではありませんか」

松野は、じっと探るような目付きで諏訪の顔を見ていたが、何を思ったか、急に笑顔になった。

「いやね、実は、さきほど一席もうけたというのもその話だったんですよ。おっしゃるとおり、高杉先生から、娘が評判のよくない店に出入りしているようだという注意を受けたことは事実です。なんでも、その喫茶店のマスターというのが、陰で常連の女子高校生なんかを使って、売春めいたことをしているという評判があったらしいんですね。そんな店にうちの娘がよく出入りしているらしいというので、私もびっくりして、すぐに娘に問いただしてみると、娘は、たんにあそこの手作りケーキがおいしいのでよく行っていただけだと言いました。そんな評判のある店だとは知らなかったというんです。まあ、うちの娘に限って妙なことをしているとは思いませんでしたが、李下《りか》に冠をただすとか申しますから、もう二度とそんな店へは出入りするなと私の方からきつく叱ったところ、娘も素直に聞き入れてくれまして。それ以来、あの店には足を踏みいれていないはずです。高杉先生にもその旨をご報告して、納得していただきました。それで、まあ、お礼をかねて、行きつけの料理屋に先生をご招待したというわけでして」

パイプの煙を吐き出しながら、松野は余裕を持って、そう答えた。

「お礼？」

「ええ。高杉先生に注意していただかなかったら、娘がそんないかがわしい評判のある店に出入りしていたことなど、全く知らないでいたでしょうからね。いやあ、なにせ、妻を亡くして、父ひとり子ひとりで、私も忙しさにかまけて、あまり娘のことは構わなかったので、こんな誤解を受けるはめになったのだとおおいに反省しましてね、まあ、そのお礼と、今後ともよろしくという意味を兼ねて、食事をご一緒させていただいたわけなんです。先生も気持ち良く招待を受けてくれました。話しているうちに、お互い、妻をなくして、しかも一人娘が養女ということが共通していたせいか、大いに意気投合しましてね、私は車だったので酒はやらなかったのですが、あの先生はなかなかいける口らしくて、だいぶお飲みになりまして、帰るときには足元がふらついておられたし、雨も降りはじめていたので、車でご自宅までお送りしたんですよ」

松野は澱《よど》みなくしゃべった。

「そうですか。ところで――」

諏訪は言った。これまでの話から、高杉いずみが諏訪たちに話したことに嘘《うそ》はなかったのは確認できた。

しかし、おそらく、松野が今話したことには若干の嘘が混じっているに違いないと諏訪はふんでいた。もし、高杉が松野の娘のことで何かつかみ、それで松野を脅していたとしたら、松野の言うように和気あいあいとした食事会であったはずがない。

「日曜日の夜はどちらにおられましたか」

諏訪は思い切って、松野の目を見ながらそうたずねた。

口もとまで運ばれかけた松野のパイプが宙で止まった。と同時に口元に浮かんでいた微笑も消えた。

「私、ですか」

松野は目を軽くしばたいた。

「そうです」

「なぜ、そんなことをお聞きになるんです」

松野は警戒するような声音でたずねた。

「いえ、なに、ほんの形式的なことです。お気になさらないでください。夜はご自宅の方におられたわけですか」

諏訪はやんわりと先を促した。

「ええ、まあ」

松野は曖昧に頷いた。

「外出はされませんでしたか」

「いや、してませんね」

「どなたかそれを証明してくださる方は？」

「娘と一緒でしたが――」

松野は用心するような口調で言った。

身内の証言ではあてにならない。

「他にはどなたか？　さきほどの女性は家政婦さんですね。住み込みですか」

「いや。彼女は通いです。しかも日曜は休みを取って貰っています」

あの家政婦はいなかったのか。

「それでは、日曜の夜は、お嬢さんと二人きりだったわけですか」

「ええ、そうです……」

「そうですか」

「一体何なのです。私のアリバイでも調べているんですか」

松野の顔が一変した。怒りがその赤ら顔を一層赤くしていた。

「高杉さんは強盗に殺されたんでしょう？　どうして私のアリバイを調べる必要があるんです？」

「まだあれが強盗殺人だと断定されたわけではないんですよ」

諏訪は厳しい声で言った。

「え……」

「強盗の仕業だと考えると、幾つか腑《ふ》に落ちない点がありましてね」

「まさか、強盗を装った計画殺人だと？」

「その可能性もあります。それで、こうして、高杉さんの交友関係を調べているわけでして」

「それにしても、私を疑うなんて見当違いもはなはだしい」

「しかし、高杉先生の娘さんが、あなたと先生が電話で言い争っているような声を聞いていたんですよ。まるで先生があなたの弱みを握って、脅しているようだったと彼女は言っていました」

松野の顔が目に見えて青ざめた。手ごたえあり、と諏訪は腹の中で叫んだ。

「ちょっと待ってください。高杉さんが電話で話していたのが私だとどうして娘さんに分かったんです？　高杉さんがそう言ったんですか」

「いや。あとでリダイヤルボタンを押したんだそうです。そうしたら、あなたの病院につながったそうで」

「ば、馬鹿な。私の病院につながったからって、相手が私だったとは限らないじゃありませんか。うちの病院には、他の医師もいるし、看護婦もいますからね。警察もずいぶん甘いというか、暇なんですねえ。そんな小娘の話を真に受けて、私のアリバイを調べに来るなんて。私よりももっと先に疑う相手がいそうなものなのに」

　松野は意味ありげな口ぶりで、最後のセリフを吐いた。

「ほう、誰です。もっと先に疑う相手というのは？」

「当の娘ですよ。いずみさんとか言いましたか。その娘が怪しいとは思わないんですか。だって、娘さんは二階に寝ていたんでしょう？　高杉さんが襲われたとき、何も物音を聞かなかったんでしょうかね。悲鳴とか犯人と揉《も》み合う音とか、何か聞いてもよさそうなものじゃないですか」

　諏訪が黙っていると、松野はさらに追いうちをかけるように言った。

「それに、娘から聞いたんですが、今、学校で妙な噂が流れているそうじゃありませんか」

「妙な噂？」

例の深夜放送のことかなと、諏訪はすぐにピンときたが、顔には出さなかった。

「なんでも、高杉さんは、養女である娘さんに性的虐待を繰り返していたらしいと——」

松野はさすがに口ごもりながら言った。

「そのことを、娘さんがラジオの深夜放送の番組に投書したとか。もし、それが事実だとしたら、あの娘さんには高杉さんを殺す動機があるじゃありませんか」

「その件については、いずみさんからも事情を聞いています。彼女はその投書をしたのは自分ではないときっぱり否定しました」

諏訪がそう答えると、松野はあざ笑うような表情をした。

「まさかそれを鵜呑《うの》みにしたわけじゃないでしょうね。その投書というのを手にいれて、筆跡鑑定でもしてみたらどうです？」

「すでに手に入れてます。手紙はワープロで打たれていたんですよ。ただ、指紋はあたってみました。しかし、封筒からも便箋《びんせん》からも高杉いずみの指紋は検出されませんでした」

松野はぐっとつまったような顔になった。

「あ、あのいずみという子はかなり頭の良い子だそうじゃないですか。中等部の頃から学年で三番以下にくだったことがないとか。そんな頭の良い娘なら、その手紙が警察の手に渡ることも考えて、指紋を残さないようにしたんじゃないですか。手袋でもはめて」

「かもしれません。あるいは、彼女の家庭環境をよく知っている何者かが、彼女を養父殺しの犯人に仕立てるために、あんな偽の投書をしたとも考えられます。ところで、つかぬことを伺いますが、松野さんはワープロをお持ちですか」

松野の顔がとたんに険悪になった。

「き、きみっ。失敬じゃないか」

松野はいきなり立ち上がると、諏訪をどなりつけた。

「おとなしく相手をしていれば、いい気になって。馬鹿馬鹿しくて話にならん。私はもう失礼しますぞ。病院に戻らなければならんからな」

松野はそう言い捨てると、大股《おおまた》で部屋を出て行こうとした。それと擦れ違いに、お茶を盆に載せた家政婦が慌てふためいて入ってきた。

「どうも遅くなりまして。良いお茶が切れていましたので、そこまで買いに行っていましたもので――」

「茶なんかいらん。お客さんはお帰りだ」

「は？」

松野は頭ごなしに家政婦をどなりつけると、家政婦をつきとばすようにして部屋を出て行った。

「あ、あの」

家政婦は盆を持ったまま、うろうろした。

「せっかくですので、いただきましょうか」

諏訪はソファに座ったまま、涼しい顔で言った。

「は、はあ」

家政婦はうろたえながらも、湯呑を諏訪たちの前に置いた。

玄関のドアがバタンと強く閉まる音がした。

「家政婦さんはこの家に長いのですか」

空の盆を抱えて出て行こうとした家政婦を諏訪は呼びとめた。

「はあ。もうかれこれ、こちらにお邪魔して、七、八年になりますでしょうか」

「こちらのお嬢さんは養女だそうですね」

諏訪は世間話でもするような口調で言った。

「ええ。なんでも、亡くなった奥様の妹さんのお子さんだとか」

「ほう。その妹さんも亡くなられたんですか」

「いいえ。それが――」

家政婦は言おうか言うまいか迷うような目付きをした。

「生きておられるんですか」

「ええ。いえね、愛さんは、奥様の妹さんが結婚される前にお生みになったお子さんでして。でも、相手の方が婚約者の方ではなかったとかで、その、奥様が引き取って養女になさったんだそうです」

家政婦の説明はしどろもどろだったが、ああそういう事情か、と諏訪は苦笑した。

「それで、妹さんはその婚約者の方とめでたく結婚されたんですね」

「ええ、まあ」

「奥さんが亡くなられたのはいつです？」

「昨年ですが」

「病気か何かで？」

「心臓だったんでございますよ」

家政婦は自分の心臓を手で押えて、おおげさに眉をしかめた。

「心臓？」

「もともと心臓がお弱くて、それで、お子さんもあきらめておられたそうなんです」

「だから、妹さんの子供を？」

「ええ。夜中に発作を起こされて。お気の毒に。ご主人がお医者さまだというのに」

「松野さんはうちにおられなかったんですか。奥さんが発作を起こされたとき？」

諏訪は不審に思ってたずねた。

「ええ、お留守をされていたみたいで」

「ところで、松野さんはワープロを使っていますか」

頃合を見て、諏訪はたずねた。

「は？」

家政婦はきょとんとした。

「ワープロですよ」

諏訪は機械の説明をした。

「ああ、あれですか。ええ、たしかお持ちでしたよ」

家政婦は頷いた。

「持ってるんですか」

諏訪の目が光った。

「ええ。そういう機械なら、書斎に置いてありますが」

「ちょっと見せて貰えませんか」

諏訪は立ち上がった。

「え。でも、旦那《だんな》さまに無断で」

「大丈夫ですよ。あとで病院に寄って、ちゃんと断っておきますから。書斎はどちらです？」

諏訪はさっさと応接間を出て行こうとした。

「あの、そこの廊下を真っすぐ行ったつきあたりの——」

家政婦は仕方なく教えた。

浜野もさっと立ち上がった。二人で廊下の突き当たりの部屋に入ると、中を見渡した。ワープロではなかったが、パソコンがあった。家政婦には同じように見えたのだろう。諏訪はサイドデスクに置かれたパソコンに近付くと、その機種を手帳に書き留めた。

2

「松野はどうも臭いますね」

松野邸を出ると、すぐに浜野が目を輝かせて言った。

「うむ。あれは何かあるな」

諏訪も頷いた。

「日曜の夜も娘と二人でうちにいたでは、アリバイはないも同然でしょう？」

「とりあえず、娘にあたって、裏を取ってみるか」

「ま、どうせ、娘も父親と口裏を合わせるに決まっているでしょうがね」

浜野はそう言って肩を竦《すく》ませた。

諏訪と浜野は、再び車に乗ると、目白の芙蓉女学院をめざした。

女学院にたどり着いた頃には、昼休みは終わって、午後の授業がはじまっていた。授業中に松野愛を呼び出すわけにもいかないので、諏訪たちは、五時限目の授業が終わる時間を受付で聞き出してから、いったん女学院を出ると、遅い昼食を取るために、学院近くの定食屋に入った。

「もし松野が高杉にゆすられていたとしたら、ネタはなんだったんでしょうかね」

浜野は運ばれてきた丼《どんぶり》ものの蓋《ふた》を取りながら言った。

「今のところ、考えられるのは、娘のことだろうな」

諏訪は煙草をふかしながら答えた。

「松野は、例の喫茶店と娘は関係なかったみたいなことを言ってましたが、あれは本当でしょうかね」

「どうかな」

「いずみの話では、高杉は退学処分も辞さない勢いだったみたいですから、松野の言い訳を聞いて、アアそうですかとすんなり引き下がったとは思えませんよ」

「うむ」

諏訪はようやく運ばれてきた焼魚定食を前に、割箸《わりばし》を割りながら、短く唸《うな》った。

「松野愛の不品行をネタに、高杉は娘を退学処分にされたくなかったら、幾らか包めと、袖《そで》の下を要求したんじゃないでしょうかね。芙蓉女学院はいわゆる名門校ですから、松野としても娘を退学させたくはなかったでしょうし」

「ただ、その程度のことで、多少の金は払ったとしても、口ふさぎに殺しまでするかな」

諏訪はさんまの小骨を丹念に箸で取りながら呟いた。

「うーん。そうですねえ……」

「それに、高杉がその件で松野から金を巻き上げたとしても、それは去年のことだろう。高杉がサラ金からの借金を昨年の十二月十五日付けで耳を揃えて全額返したことはすでに裏が取れている。なぜ、今ごろになって、殺されなければならないのか——」

「恐喝の味をしめて、またやろうとしたんじゃないですか。サラ金からの借金は返しても、家のローンはまだだいぶ残っていたわけですから。そこでまた松野をゆすった。再度ゆすられて、松野の方はこれではきりがない、いっそ高杉の口を永遠に封じてしまおうと決心したのかもしれません」

浜野は食べるのも忘れて、箸を振り回しながら、自分の推理を話しはじめた。

諏訪は何も言わず黙々と食べていた。

「そこで、松野は、自分の動機を隠すために、二重の殺人計画をたてた。一見、単純な強盗殺人のように見せ掛けて、実は容疑が養女のいずみに向けられるような計画をです。養父に性的な虐待を受けていた養女が思いあまって、養父を殺した。事件をそう見せ掛けるために、女子高生が書いたような手紙を作って、新谷可南のもとに送る。

そして、高杉には、金は高杉の自宅で渡すとか言って、いずみに睡眠薬を飲ませて早く眠らせてしまうように仕向ける。日曜の夜、高杉の家を訪れた彼は、金を渡し、いったんは帰る振りをする。

あの夜、高杉邸を訪問した者の姿を見た者は近隣ではあいにくいないようですが、飼い犬が二度ほえたという隣の住人の証言がありましたよね。夜の九時半頃に一度、それと三、四十分くらいしてもう一度。これは、松野が高杉邸に行ったときと出たときに、隣の家の前を通ったときに、犬がほえたんじゃないでしょうかね。

しかし、松野は高杉邸を出たものの、帰ったわけではなかった。どこかに身をひそめ、あたりが寝静まるのを待って、再び、高杉邸に忍び込んだ。勝手口は、おそらく、高杉邸に入ったときに、後で忍び込めるように、すきを見て、鍵をはずしておいたのかもしれません。台所に入って包丁を抜き出すと、すでに床に入っていた高杉を襲った。凶行のあと、大胆にも浴室のシャワーを使った。排水口に犯人の体毛が残っていなかったのは残念でしたね。残っていれば、それが重要な手掛かりになっていたでしょうに——」

「おい、早く食べろよ。さめちまうぞ」

さっさと食べ終わって、楊枝《ようじ》を使っていた諏訪がさめた声でそう遮った。

「あ、はい」

浜野ははっと気付いたように、慌てて、目の前の丼に顔をつっこんで、残りを平らげはじめた。

「しかし、娘のことだけで、そう何度もゆすられるものかな」

諏訪がポツンと言った。

「え」

犬食いをしていた浜野は丼から顔をあげた。

「一度くらいなら、松野も、娘の退学処分を免れるために、金をつかませたかもしれない。だが、二度もその手が通用したとは思えないな。いくら芙蓉女学院が名門だからって、そこまでして、娘を通わせたいと思うだろうか。もし、娘のことだけが恐喝のネタだとしたら、何も高杉を殺さなくても、娘を退学させれば済むことじゃないか」

「恐喝のネタは他にもあると？」

「娘のことだけとは思えないな」

諏訪は使い終わった楊枝をポキンと二つに折ると、灰皿に投げ捨てた。

3

遅い昼食を食べ終えて、芙蓉女学院の門を再びくぐると、ちょうど五時限目の終業を知らせるチャイムが鳴り響いていた。

諏訪と浜野は教務課に行くと、松野愛を呼び出して貰った。

教務課の前の長椅子《ながいす》で待っていると、すぐに松野愛らしき生徒が軽やかな足取りで現れた。やや栗色がかったストレートヘアに、のびやかな肢体をした、なかなかの美少女だった。

諏訪は長椅子から立ち上がると、警察手帳を見せて、「少しうかがいたいことがあるのですが」と言った。

松野愛は怪訝《けげん》そうな顔つきで頷いた。

「日曜日の夜、お父さんはうちにおられましたか」

そうたずねると、愛は不思議そうな顔をした。

「パパ？」

諏訪が頷くと、

「どうして、そんなこと聞くんですか」

愛は聞き返した。

「ええ、まあちょっと」

「日曜日って、高杉先生が殺された夜のこと？」

愛の目がきらりと光った。

「そうです」

「なに、それ。もしかして、うちのパパのアリバイ調べてんの？　パパがあの先生を殺したと思われてるわけ？」

松野愛はそう言って、面白い話でも聞いたようにケラケラ笑い出した。

何がおかしいんだ。

諏訪はあっけに取られて目の前の少女を見詰めた。

「どうなんだね」

「さあ。あたし、知りません」

愛はにやにやしながらそう答えた。

「知らない？」

「ええ。あの夜、パパがうちにいたかどうかなんて、あたし、答えようがないわ」

澄ました顔でそんなことを言った。てっきり父親と口裏を合わせるとばかり思っていた諏訪と浜野はやや意外ななりゆきに顔を見合わせた。

「それはどういう意味だね。お父さんは、あの夜はきみと一緒にいたと言っているんだがね」

諏訪がそう言うと、松野愛は描いたように整った眉をつりあげた。

「それは嘘だわ」

「嘘？」

「そうよ。パパが嘘ついたのよ」

「それじゃ、あの夜、松野さんはうちにはいなかったのかね」

「さあね」

小馬鹿にしたような態度で、愛はつんとそっぽを向いた。

「さあねって？」

「だから、言ったでしょ。あたしは知らないって。だって、あたし、あの夜、うちにいなかったんだもん。だから、パパがうちにいたかどうかなんて知らないわ」

「どこにいたんだね」

「六本木のディスコ」

愛は顔を突き出して、ささやくように言った。

「夕方の五時頃、うちを出て、帰ったのは午前二時頃だったかなあ」

他人事のような顔でそう言った。

「帰ってきたとき、お父さんはうちにいたのかね」

「どうだったかしら。パパがうちにいるかどうかなんて、気にもしなかったから。合鍵でドア開けて、二階の自分の部屋にそのままあがって、着替えて寝ちゃったもん」

「車は？　お父さんは黒のベンツを持っているね。車庫にあったかね」

「車ねえ」

愛はあごに人差し指をあて、思い出すような顔をしていたが、

「ああ、そういえば、なかったみたい」

あっさりと言った。

「なかった？　本当かね」

「なかったわ」

今度は確信をもったようにきっぱりと言った。

「ああ、またあの女のところだなって思ったから、べつに気にもしなかったけど」

「あの女のところって？」

「さあ。それはパパに聞いたら？　パパのアリバイ知りたいなら、あたしよりも、あの女の方が詳しいかもよ」

「誰だね、その女は。どこに住んでるんだ」

諏訪は懐から手帳を取り出しながらたずねた。

「知らないよ。あの女の住所なんて。パパに聞いてよ。とにかく、あたしが知ってるのは、あの夜、あたしが帰ったときには、パパの車はうちになかったってことだけ」

諏訪はしかたなく手帳をしまった。

「ねえ、刑事さん。どうしてパパを疑ってるの」

愛は長い髪の先をもてあそびながら、小悪魔みたいな表情でたずねた。

諏訪はそれには答えず、話題を変えるように言った。

「きみは、『アリスの園』という喫茶店によく出入りしていたそうだね」

「うん、まあね」

愛は上目遣いで、ちらと諏訪を見た。

「いかがわしい噂のある店だそうだが、それを知らなかったのかね」

「知ってたよ」

「え……」

「知ってたから、行ったに決まってるじゃない」

「なぜ?」

「おもしろそうだから」

「……………」

「でも、あたし、何もしてないよ。たしかにあそこのマスターから男、紹介されて、ちょっと付き合ってやったけど、横浜港までドライブして、あとは元町でゴッソリ買い物させて、それでバイバイ。男の方はまた会おうねとか言って、電話番号聞きたがったけど、バーカ、その手にのるかってんで、それっきり会ってないよ」

「……………」

諏訪は言うべき言葉を探していた。松野光一郎の話とはだいぶ趣が違っていたが、おそらくこちらの方が事実なんだろう。

「松野さんはきみのことで、高杉先生から注意を受けたようだが」

気を取り直して、そうたずねると、

「退学にするとか脅かされたみたいだね」

愛はうっすらと笑みを浮かべた。

「あたしはべつに退学になったって、構わなかったんだけどね。だって、こんなチョー退屈な学校、お願いしてまでいたくもないし。でも、パパの方は、そう言われてビビッちゃってね、どうするつもりだとかおろおろするから、少しお金あげたらって、言ってやったのよ。あの先生、サラ金に金借りて返せなくて困ってるらしいからって。金で面張り飛ばせば、黙るよって」

愛はけろりとした顔で言ってのけた。

毒気を抜かれたような顔で、浜野が少女の方を口を開けて見ていた。

「あ、そうだ。刑事さん、知ってる？」

愛は何か思い付いたように、いきなり言った。

「な、なんだね」

「知ってるよね。知ってるから、こうして、パパのアリバイ調べにきたんだものね」

「何のことだね」

「え。まさか、ひょっとして、知らないとか」

「だから、何のことだ」

「パパが誰かに脅迫されていたってこと」

4

諏訪ははっと息を飲んだ。

「脅迫って、誰に？」

「たぶん、高杉先生によ」

「どうして、きみはそんなこと知ってるんだ」

「だって、脅迫のネタ、先生に教えてあげたの、あたしだもん」

諏訪は何度目かの絶句をした。この娘には初対面から面食らわされているが、今度ばかりは、さすがにすぐに声が出なかった。

「き――きみが先生に脅迫のネタを教えた？」

「そうよ」

愛は殆《ほとん》ど無邪気といってもよい顔で頷いた。

「なぜ、そんなことを？」

「ボランティアだよ」

「ボランティア？」

「だって、あの先生かわいそうなんだもん。勤続何十年だか知らないけど、安い給料シコシコためて、ようやく家を建てたはいいけど、奥さんが癌《がん》になっちゃってさ、家のローンはあるわ、奥さんの入院費はかさむわで、家《うち》の中火の車だったんでしょ。だから、あたし、ボランティアで、てっとり早くお金稼げる方法教えてあげたの」

「ま、まさか、高杉先生にうちのお父さんをゆすってご覧なさいってすすめたのか、きみは」

もう黙っていられないというように、浜野が横から口をはさんだ。

「あんた、バカじゃない？」

愛は冷ややかな目付きで若い刑事の方をじろりと見た。

「バ……」

「そんなこと露骨に言うわけないでしょ。それとなく教えてあげたのよ。あの先生にだって、プライドってもんがあるでしょうから」

「一体、何をそれとなく教えてあげたんだ」

面と向かってバカ呼ばわりされた浜野は、頭から湯気を出しそうな勢いでたずねた。

「あの先生からさ——」

愛はくすくす笑いながら言った。

「きみは中等部の二年まではまじめで良い生徒だったのに、どうしてこんな風になってしまったんだ。何か家庭であったのかって聞かれたからね——例の喫茶店のことで呼び出されたときよ——あたし、あの先生にあることを打ち明けてやったのよ。よよと泣き伏しながらね」

「あることって何だね」

諏訪がたずねた。

「あることはあることよ」

愛はそっけなく答えた。

「きっと、あの先生、あのことでパパをゆすったんだと思うわ。それで、うちのパパ、困り果てて、あの先生を殺しちゃったんだわ」

愛はきゃっきゃっと笑った。

「あることって何だね」

厳しい口調で諏訪はもう一度たずねた。

「さあね。それくらい、そっちで調べなさいよ。靴底すりへらして調べ回るのがおじさんたちの商売でしょうが」

「おまえな――」

浜野が少女の胸倉でもつかみそうな気配を見せたので、それとなく諏訪は制した。

「どうでもいいから、早く人殺しをつかまえてよね。二人も人を殺したやつを野放しにしておくなんて、警察の恥だよ。だから税金ドロボーなんて言われるんだよ」

「二人も人を殺したやつって――」

諏訪が驚いて聞き咎《とが》めた。

「それは、松野さんのことか」

「そうだよ」

松野愛は睨《にら》みつけるような目でぶすりと言った。

「パパはね、前にも人をひとり殺してるんだよ。でも誰もそれに気が付かなかった。あたし、それを高杉先生に教えてあげたんだ」

「誰なんだ、それは」

「さあね。それもパパに聞いたら？」

愛は憎々しげにそう言い捨てると、くるりと背中を向けた。

「あ、きみ」

諏訪が呼びとめるのもきかず、長い髪をなびかせて、バタバタと走り去って行った。

「とんでもないメスガキですね、あれは」

浜野がまだむかっ腹をたてているような声で言った。

「それにしても、妙なことを口走っていたな、あの娘」

諏訪は愛の後ろ姿をじっと見ながら、そう呟いた。

松野がもう一人殺している……？

5

「まだ何か用ですか」

診察室の椅子にふんぞりかえり気味に諏訪たちを迎えた松野光一郎は、不機嫌さを隠さない表情でそう言った。

目白の芙蓉女学院を出ると、諏訪と浜野は、トンボ返りに、再び巣鴨の松野病院を訪れていた。

「私は忙しいんですよ。いいかげんにしてもらえませんかね」

松野はデスクの上のカルテを見るような振りをした。

「松野さん、嘘をおっしゃられては困りますな」

諏訪はいきなりそうかました。

「嘘？」

松野は弾《はじ》かれたようにカルテから顔をあげた。

「嘘って何のことです」

「日曜の夜のことですよ。おたくにずっと居たとおっしゃったが、お嬢さんの話では、あなたは午前二時ごろ、出掛けておられたそうじゃないですか」

「馬鹿な。私はずっとうちにいた。そんな時間に出掛けておらん」

松野の顔が怒りか困惑か、赤黒く染まった。

「しかし、愛さんは、午前二時ごろ、帰ってきたとき、あなたの車が車庫になかったと言ってるんですよ」

「む、娘がそんなことを言ったのか」

松野の目が泳ぐようにきょときょとした。

「さきほど、目白の芙蓉女学院に行ってきたんですよ。だいぶ話が違いますな。あの夜、あなたはお嬢さんとずっと一緒にいたとおっしゃったが、お嬢さんの話では、夕方の五時ごろうちを出て、六本木のディスコで遊び、帰ってきたのは午前二時ごろ。そのとき、あなたの車がなかったと言っているのです。どちらが本当なんですか」

「い、いや、すまん。娘と一緒にいたというのは嘘だ。いや、嘘というか、そう思いこんでいたんだ。てっきり娘がうちにいるものだとばかり」

松野はしどろもどろに弁解した。額に汗をかいていた。

「それは妙な話ですね。夜の五時から翌日の午前二時まで外で遊んでいたというのに、あなたはそれに全く気が付かなかったんですか」

「よ、よくあるんだ。あの娘はプイと二階の部屋にあがってしまうと、何時間も閉じこもって出てこないことが。日曜の夜もそうだった。いつのまに外に出て行ったのか知らないが、私はてっきり部屋にいると思い込んでいたのだ。それで、十一時には寝てしまった。きっと、愛は帰ってきたとき、家の明かりが消えていたので、私が出掛けたと思ったんだろう」

「それなら、車の件はどういうことですか。車庫にあなたの車がなかったというのは」

諏訪は追及の手を緩めなかった。

「そ、それは娘の勘違いだ。車は車庫にあったはずだ」

松野は手で額の汗をぬぐった。車の件をこれ以上追及しても、水掛け論になるだけなので、諏訪は話題をかえた。

「それと、お嬢さんはこんなことも言ってました。あの夜のことなら、あたしよりも、あの女に聞けばいいと――」

そう言いかけると、松野の顔色は目に見えて変わった。手探りでパイプをつかむと、火をつけようとしたが、なかなか火がつかず、松野は舌うちした。

「あの女とはどなたですか」

「そんなことは、あんたがたとは関係ない」

ようやくついたパイプをせわしなく喫《す》いつけながら、松野はほえるように言った。

「そういえば」

諏訪は切札をぶつけてみることにした。

「お嬢さんはもっと凄《すご》いことも言ってましたよ」

「な、なんだ」

「あなたが以前に人をひとり殺したことがあると」

松野の目が飛び出しそうになった。

「それをお嬢さんが高杉先生に話したんだそうです。高杉先生はその件で、あなたを脅迫していたんじゃないかとね」

「な、なにをたわけたことを」

松野は笑い出した。

「刑事さん。まさかそんな話を信じたわけじゃないでしょうな。私は医者ですよ。人を助けることはあっても、殺すなんて」

「それなら、お嬢さんはなぜあんなことを言ったのです」

「それはですな――」

松野は気を鎮めるように、パイプをふかし続けていたが、

「こういうことなんですよ」

観念したように、ようやく口を開いた。

「あの娘は誤解しているんです。何度言ってもわからない。私が母親を殺したと思いこんでいるんです」

母親？

「母親って、昨年亡くなった奥さんですか」

諏訪は意表をつかれたように、思わず問い返した。

「そうです。愛の母親のことです。私の家内です。家庭の恥を話すようで気がすすまないのですが、誤解をとくためには、あのことを話さないわけにはいきますまい」

松野は溜息混じりの声で言った。

「私の家内は昨年、心臓発作でなくなったのですが、愛は、それを誤解しているのです。私が医者という立場を利用して、家内に何か薬を飲ませて発作を起こさせたのではないかと疑っているんですよ。しかし、そんなことは誓ってありません。家内の死は全くの自然死だったのです。不審な点は何もありません。それは、家内の主治医だった先生に聞いて貰えば分かるはずです」

「では、なぜ、お嬢さんは、あなたが殺したなどと思いこむようになったんです」

「それが――」

松野は言いにくそうに口ごもった。

「お恥ずかしい話ですが、私には、五年ほど前から世話をしている女性がいるんですよ。もとうちの病院で看護婦をしていた女なのですが。四歳になる子供もいます。私の子です」

松野は照れくさそうに言った。

「家内は生まれつき心臓が悪かったのです。ですから、その、結婚しても子供は無理だろうと言われていました。ほれた弱みで、私はそれを承知で家内と一緒になりました。幸か不幸か、跡継ぎの問題は、家内の妹の子供を養女にすることで解決しました。それが愛です――まあ、いずれ愛に婿養子でも迎えてこの医院を継がせようと思っていたのですが」

諏訪には、この先は聞かなくても分かるような気がした。

「その、ひそかに付き合っていた看護婦に子供が出来てしまったのです。彼女は私の子供をぜひ生みたいと言いました。私も迷った末に生ませることにしました。四十の坂をのぼりはじめたころから、自分の血を分けた子供が切実に欲しいと思うようになっていたんです。それで、家内には内緒で、その女には看護婦をやめさせ、マンションの一室を与えて、子供を生んで貰いました。男の子でした。子供は認知しましたが、むろん、家内と別れて、その女とどうこうするということは全く考えていませんでした。女の方もそれでいいと言ってくれましたし――

ところが、昨年の春先に、彼女と子供と三人でいるところを、偶然、愛に見られてしまったのですよ。日曜日でした。私は家内たちには、医師会の連中とゴルフに行くと言って、実は彼女と子供を連れて東京ディズニーランドへ行っていたのです。それが折り悪く、娘もそこに友達と来ていて、バッタリ、出くわしてしまったのですよ。悪いことはできません。あとで追及されて、私は女との関係を娘に話してしまいました。それからですよ、娘の様子がおかしくなったのは。それまでは、どちらかといえば、学校の成績もよく、良い娘でしたのに、素行が急に悪くなりました。叱《しか》りたくても、へたに叱ると、家内に女のことを話すのではないかと思い、つい見て見ぬ振りをしてしまい、甘やかしているうちに、あんな手の付けられない娘になってしまいました」

松野は肩を竦《すく》めるようにして、さっきまでとは別人のような気の弱そうな笑みを見せた。

「そういうわけで、家内の死も、私が女や子供をうちにいれたいために、何か画策したのではないかと疑うしまつです。医者だから、自然死に見える特種な薬か何かを手にいれて、それを家内に飲ませたのだと思いこんでしまったのですよ。どんなに口を酸っぱくしてそれは誤解だといっても、聞きません。あげくの果てに、高杉先生にそのことを話してしまったのです。先生も最初は、私が薬を使って家内を殺したなんていう、娘の馬鹿話を鵜呑《うの》みにしたらしく、私のところに真偽を確かめる電話をしてきたことがありました。

そういえば、先生の娘さんが脅迫めいた電話を聞いたというのも、このときのことかもしれませんな。もちろん、そのあと、先生には、家庭の事情を話して納得してもらいました。実は、以前、新橋で食事をご一緒したというのも、娘のこともありましたが、この話を聞いて貰うために、一席もうけたというのが本当の話なのです」

松野はそう言って、また溜息《ためいき》をついた。

「その話をもっと早く聞かせてもらいたかったですね」

諏訪の方も幾分拍子抜けした思いで溜息をつきそうになった。松野の話を聞いて、娘の愛がなぜあんなに養父である松野に対して反抗的だったのか、ようやく納得がいった。

「いやあ、どうも面目ありませんな」

松野はがははと笑って、頭を掻《か》いた。

「それと、毒をくらわば皿までと申しますから、ついでに話してしまいますが」

松野は笑いをおさめて、さらに続けた。

「実をいうと、日曜の夜は、この女のマンションに行っていたのですよ。夕方になって、むしょうに子供の顔が見たくなりましてな、車で――」

「お帰りになったのは？」

「朝方でしたか。午前五時すぎだったと思います」

「失礼ですが、その女性のマンションの住所を教えていただけますか」

諏訪は手帳を取り出しながら言った。

「あ、いいですよ」

松野はすぐに住所を言った。品川《しながわ》だった。女の名前は杉村《すぎむら》美也子《みやこ》というらしい。

「今は勤めもやめて子供の世話をしていますから、うちにいると思いますよ。美也子から話を聞いてください」

松野はさきほどまでとはうってかわった低姿勢で、愛想笑いまで浮かべてそう言った。

6

諏訪と浜野が、松野に教えられた品川のマンションをたずねると、ちょうど買い物からの帰りか、四歳くらいの男の子の手をひいた三十がらみの女性が、自宅のドアの鍵を開けようとしていた。

「失礼ですが、杉村美也子さんですね」

諏訪が声をかけた。

「はあ、そうですが」

杉村美也子は不審そうに諏訪たちを見返した。

「警察の者ですが――」

諏訪は警察手帳を見せながら、松野のことで聞きたいことがあると言うと、杉村美也子はそれほど驚いた様子も見せず、諏訪たちを中に通した。

「日曜日でしたら、先生はたしかにうちにみえましたよ」

美也子はリビングのソファに座った諏訪たちにコーヒーを運んできてから、そう言った。

「何時頃みえて、何時頃お帰りでしたか」

諏訪はリビングの棚の写真立てを見ながらたずねた。写真には、松野と美也子と子供が三人で写っていた。遊園地かどこかで撮ったようなスナップ写真だった。

「たしか──夜の七時頃にみえて、お帰りになったのは、明け方の四時すぎでしたかしら」

美也子は思い出すような目で言った。松野の証言とほぼ一致していた。松野があの夜、ここにいたとしたら、高杉久雄殺しのアリバイは完璧《かんぺき》だといってもよい。

「その間、松野さんはどこかへ出掛けませんでしたか」

諏訪は念のために聞いてみた。ここから田無に出向いた可能性もある。

「いいえ。ずっとうちにおられましたけど」

杉村美也子は首を振った。

「ここで一緒にお夕飯を食べて、あとはこの子とずっと遊んでくれました」

美也子は自分の足元で、ミニカーで遊んでいる幼児の方を細めた目で見ながら、そう言った。

「つかぬことをうかがいますが、お子さんの父親は松野さんですね」

諏訪も子供の方を見ながらたずねた。

「はい……」

美也子は頷いた。

「松野さんとは結婚されるのですか」

そうたずねてみると、美也子の眉が曇った。

「さあ」

曖昧《あいまい》に言って小首をかしげただけだった。

「しかし、松野さんの奥さんはなくなったわけだし——」

「でも、まだ愛さんがいますから。愛さんは私たちを許してくれないんです。無理もありません。奥様がなくなったとき、先生はここに来ていたものですから。だから、あんなことを言うようになって」

美也子は苦しげに言った。

「あんなことと言うのは？」

「奥様を殺したのは先生だと。でも、そうではありません。本当は、奥様を殺したのは、わたしなんです」

「え」

諏訪は目を剝《む》いた。

「それはどういうことです」

「あの夜、奥様からここに電話があったんです。先生は子供と一緒にお風呂に入っていました。わたしが出ると、奥様がとても興奮された声で、主人を出してほしいとおっしゃいました。きっと愛さんがしゃべってしまったんでしょう。そして、わたしを泥棒猫だとか罵《ののし》られました。わたしも頭ごなしにそう言われて、ついカッとして、言い返してしまいました。そのとき、興奮のあまりか、奥様は発作を起こされたみたいでした。先生が慌てて駆け付けたときには、奥様はもうなられていたんです。受話器を握り締めたままだったそうです。だから、奥様を殺したのは、本当はわたしなんです」

美也子はそう言って、うなだれた。

「そうだったんですか。いや、どうもお邪魔しました」

諏訪は出されたコーヒーには手をつけずに立ち上がった。おとなしく遊んでいる子供の頭をひとつ撫《な》でると、浜野を促して外に出た。

玄関で靴をはいていると、リビングで電話が鳴った。美也子が出たようだった。

「はい、杉村でございますが」

そこまでは聞こえてきたが、あとは、美也子が声を低めたのか、よく聞き取れなかった。

「やれやれ、あの小娘の言うことを真に受けて馬鹿を見ましたね。人ひとり殺してるなんて言うから、なにごとかと思えば」

浜野が腐りながら言った。

「松野はシロですかね。あの晩、ここに来ていたなら、アリバイは完璧ですよ」

「でも、一つ腑《ふ》に落ちないことがあるな」

停めておいた車の助手席に乗り込んで、シートベルトをつけていた諏訪は呟いた。

「腑に落ちないことって？」

浜野がエンジンキーを差し込みながら、諏訪の方を見た。

「高杉いずみの証言だよ」

諏訪は考えごとに夢中になっているような声で言った。

「というと?」

「いずみは、高杉が松野病院に脅迫めいた電話をかけたのは、松野が高杉を車で送ってきた日から二、三日たってからだったと言ってただろう?」

諏訪が言った。

「ええ、そういえば、そんなことを言ってましたね」

「とすると妙だとは思わないか」

「妙というと?」

浜野はエンジンキーを持ったまま、諏訪を見た。

「松野の話だと、高杉と新橋の料理屋で会ったのは、妻殺し云々《うんぬん》の弁明をするためだったという」

「ええ」

「そして、その夜、高杉を車で田無の自宅まで送ってきたわけだ」

「そうですね」

「だが、いずみは、高杉が松野に脅迫めいた電話をかけているのを聞いたのは、その二、三日あとだったと言っている」

「あれ」

ようやく気が付いたように、浜野が小さく叫んだ。

「変ですね」

「変だろ？」

「変ですよ。もし、高杉が松野の妻殺しのことで脅迫電話をかけたとしたら、新橋で会う前でないとおかしいですね。新橋で会ったあとだったら、もうその件について高杉は納得していたはずだから」

　浜野は考え考え言った。

「そうなんだよ。となると、いずみの勘違いか、あるいは、高杉は妻殺しの件とは別件で、松野を脅迫していたか、どちらかということになる」

「そうですね」

「もう一度芙蓉女学院に寄ってみようか。高杉いずみにそのへんを確かめてみたい」

「わかりました」

浜野がはりきって、エンジンキーを差し込み、エンジンをかけようとしたときだった。

「あんたたち、困るよ」

初老の男性が、車の窓ガラスをこんこんと拳《こぶし》でたたいた。

「こんな所に勝手に車、駐車されちゃ」

「あ、すみません。今、出しますから」

浜野は慌てて謝った。

近くに手頃の駐車場も空地もなかったので、しかたなくマンション手前の道路に停めておいたのである。

「こういうところに停められると、消防車とか入ってこれないんだよ」

「どうもすみません」

「この前の日曜日もさ、うちのマンションでボヤ騒ぎがあったとき、やっぱりこのへんに車停めてたやつがいて、消防車が入ってくるのに手間くっちゃったんだよ」

マンションの住人か管理人らしい男はくどくどと説教した。

「この前の日曜日って、十月十六日のことですか」

諏訪が言った。

「そうだよ。まあ、ちょっとしたボヤ程度で済んだけど、これが大火事だったら、一刻も争うんだからね、大変なことになるところだよ」

「いやあ、どうもすみません……」

非は自分たちの方にあるので、浜野はひたすら謝った。

「ボヤ騒ぎがあったのは、何時頃です」

諏訪がたずねた。

「夜の七時頃だよ」

「火が出たのはどの部屋です？」

「313号室だよ。そこの奥さんが夕飯にてんぷら揚げててさ——」

初老の男性の話を聞いていた諏訪の目が心なしか光った。

「どこか、公衆電話のあるところで停めてくれ」

管理人らしき男にようやく解放されて、車を発進させた浜野に諏訪がそう言った。

「え、電話かけるんですか」

「うむ」

しばらく走らせたところで、公衆電話ボックスを見付けた諏訪はすぐに言った。

「あ、あそこでいい。ちょっと停めてくれ」

浜野がその通りにすると、諏訪は懐から手帳を取り出しながら、車からおりた。

電話ボックスに入ると、手帳に書き留めておいた松野病院の電話番号をプッシュした。

受付の看護婦が出たので、「警察の者だが松野院長に替わってくれ」と頼んだ。ややあって、松野の声が出た。

「さきほどお邪魔した田無署の諏訪ですが」

そう言うと、「ああ」と松野が応えた。

「美也子に会えましたか」

「ええ、松野さんのおっしゃった通りでした」

「そうですか。それじゃ、これで私のアリバイも証明されたわけですな」

松野は機嫌の良い声で言った。

「それで、念のため、ちょっとうかがいたいことがあるんですが」

「なんです」

「日曜日の夜ですが、あのマンションでボヤ騒ぎがあったそうなんです。消防車も出動したらしいんですが、それをおぼえておられますか」

「ボヤ？」

松野の声がうろたえたように聞こえた。

「夜の十一時頃だというんですがね」

「十一時？　ああ、そういえば、その頃、消防車のサイレンの音を聞きましたよ」

松野が思い出したように言った。

「何階の部屋だったかおぼえていますか。火事が出たのは」

「さあ、何階だったかな。美也子が外に見に行ったのですが、たいした火事じゃないというので、聞くのを忘れました。それが何か？」

「いや、どうも失礼しました」

諏訪はそれだけ言って電話を切った。

電話ボックスを出ると、待っていた浜野の車に乗り込んだ。

「どこへかけてたんです」

また車を発進させながら浜野がたずねた。

「松野のところだ」

諏訪は含み笑いをしながら言った。

「松野のアリバイだが、あれはでっちあげかもしれんぞ」

「え、杉村美也子が嘘をついたっていうんですか」

「たぶんな。おれたちが部屋を出ようとしたとき、電話が鳴っていただろう」

「ええ」

「電話に出た美也子の声が急に小さくなっただろう」

「ええ、そういえば」

「あれは松野からの電話だったんじゃないかな。美也子がちゃんと口裏を合わせてくれたかどうか、不安になって確かめるために電話をかけてきたんだろう」

「で、でも」

「松野は、おそらく、おれたちが美也子のマンションに行く間に、彼女に電話をして、アリバイ工作を頼んだのではないかな。日曜の夜はそこにいたことにしてくれと」

「ど、どうしてそれが分かったんですか」

「ちょっと松野にかまかけてみたんだよ。そうしたら、やっこさん、まんまとボロ出したよ」

諏訪は笑いながら、ボヤの一件の話をした。

「そうか。もし松野が本当にあのマンションにいたとしたら、午後七時頃に起きたボヤ騒ぎを十一時に起きたなんて間違えるはずがありませんよね。つまり、松野はボヤ騒ぎなど知らなかった。ということは――」

浜野はにやりとして諏訪を見た。

「松野はあの夜、愛人のマンションにはいなかった……」

7

「養父《ちち》が誰かを脅迫しているような電話を聞いたのは、松野先生が養父を車で送ってくれた日よりあとのことです。それは間違いありません」

高杉いずみはきっぱりと言い切った。諏訪と浜野は再び芙蓉女学院を訪れて、松野愛のときのように、教務課で高杉いずみを呼び出して貰ったのである。いずみは、部活動をしていて、まだ帰宅していなかった。

「しかし、去年のことだからね、きみの記憶違いということはないのかな」

諏訪は慎重に言った。

「いいえ、それはありません。昨日、刑事さんたちと別れたあとで、あたし、去年の日記を読み返してみたんです。そうしたら、そのことがちゃんと書いてありました」

いずみはものおじしない目で、そう言った。

「そうか。きみは日記をつけているのか。毎日？」

「ええまあ」

「それなら、お父さんが松野先生に送られて帰ってきた日を正確におぼえているかね」

諏訪は目を輝かせてたずねた。

「おぼえてます。というか、日記を読み返して確認したんですけど」

いずみははきはきした口調で答えた。

「いつだった？」

「十二月四日の土曜日です」

「十二月四日──」

諏訪の眉がかすかに寄せられた。記憶を探るようなまなざしになった。何か頭の奥でうごめくものがある。なんだろうか。

「それで、養父の電話をきいたのが、十二月七日でした。だから、電話の方があとだったのは間違いありません。お疑いでしたら、日記を持ってきて見せますけど」

「いやいや、きみの言うことを信じるよ。それで、その十二月四日だが、お父さんが帰ってきたのは何時頃だった？」

「零時ちょっと前だったと思います」

「零時前か」

諏訪はまた記憶を探るような目になった。

「お父さんはその日、帰ってきて松野さんのことで何か言ってなかったかね。新橋の料理屋でどんな話をしたかとか」

「いいえ。何も。養父はひどく酔っていましたし、すぐに寝てしまいましたから」

「そうか……」

「あ、でも、そういえば、首の筋を違えたとか言って怒っていました」

「首の筋を違えた？」

「ええ。なんでも、途中で、松野先生が野良猫をひいたとかで、急停車したために、ガクンとなった拍子に首の筋を違えたとか――」

「野良猫をひいた……」

諏訪は茫然とした顔でつぶやいた。が、ふいにその目にはっとした光が宿った。

「どうもありがとう」

諏訪は高杉いずみに礼を言うと、さっさと玄関の方に向かった。浜野も慌てて諏訪を追った。

「やはり高杉は松野をゆすっていたんだ」

諏訪は確信を持った目で独りで頷いた。

「え。何か分かったんですか」

「思い出したんだよ。十二月四日。そうだ。あれが起きたのは十二月四日の深夜だった。時間的にも場所的にも一致する」

諏訪は熱に浮かされたように独りでしゃべっている。

「何のことですか、一体」

浜野には何がなんだか分からない。

「高杉が松野を恐喝したネタは、娘のことでも、心臓発作で死んだという妻のことでもない。あれだったんだ」

「あれ？」

「そうだ。あれなら、充分恐喝の材料になる。医者である松野にとって、彼がしたことは、絶対に世間に知られては困ることだったに違いない」

「ねえ、何を言ってるんですか」

「もう一回、松野のところへ行くぞ。いや、その前にいったん署に戻ろう。一応、あの事件のことを確かめなくちゃな」

　諏訪は学院の駐車場に停めてあった浜野の車に乗り込みながら、はりきってそう言った。

「事件って？」

「あの娘の言った通りだった。松野は前に人ひとり殺していたんだ。ただ、それは娘が思っていたような殺人じゃない」

「誰を殺したんです」

「野良猫だよ」

「え。だって、今、人ひとりって」

浜野は面食らって言った。

「そうだ。だから、あれは人だったんだよ」

8

「どうですか」

諏訪は、車庫に入って松野の車を調べていた警視庁交通捜査課の捜査員にたずねた。

翌日の金曜日の昼前だった。

諏訪と浜野は、交通捜査課の捜査員を伴って、再び松野の自宅を訪れていた。松野は病院の方に出ていて不在だった。

家政婦が玄関のところで、主人の車を調べにきた警官たちを不安そうな面持ちで見詰めている。

「たぶん間違いないでしょう」

松野の車を検分し終わった捜査員は確信ありげな顔で頷いた。

「これですよ。現場に残されていた破片から割り出した車種と一致しますし、スカートの部分にへこみが見られます。それほどたいした損傷ではなかったので、修理に出さなかったのでしょうね」

捜査員はもう一度車の方を振り返りながらそう言った。

「松野は病院の方ですか」

捜査員が諏訪にたずねた。

「でも、そろそろ昼飯を食べにここに戻ってくるはずですよ」

諏訪は腕時計を見ながら言うと、
と、家政婦の方に顔を向けた。

「そうでしたね、家政婦さん」

「は、はい」

家政婦はおろおろした顔で頷いた。

「それじゃ、中で待たせて貰いましょうか」

捜査員がそう言ったときだった。

「飛んで火にいる夏の虫が来ましたよ」

にやりとして浜野が言った。

見ると、当の松野光一郎がこちらにやって来るのが見えた。車庫に集まっている男たちを見て、何か察知したように、強張《こわば》った表情をしていた。

「な、何ですか。あなたがた、ここで何をしているんですか」

松野は声を張り上げた。

「車を見せて貰っていたんですよ」

交通捜査課の捜査員が身分を示しながら言った。

松野の顔が途端に青ざめた。

「この車はあなたのものですね」

「そ、そうですが」

「昨年の十二月四日の深夜、田無市の市道で、人をはねませんでしたか。帰宅途中の若い女性を?」

捜査員は穏やかな声でたずねた。

「さ、昨年の十二月?」

松野は上ずった声で聞き返した。

「あなたが高杉先生と新橋の料理屋で会って、酒に酔った先生を田無の自宅まで送って行った日のことですよ」

諏訪が横から言った。

「わ、わたしは――」

松野は言葉が出てこないというように、口をぱくぱくさせた。

「あなたは途中で野良猫をひいたと言って急停車したそうですね。そのとき、高杉さんは首の筋を違えた。あとで、うちに帰って、娘さんにそう話していたそうです。しかし、あなたがひいたのは野良猫なんかじゃなかった。人間だった。会社からの帰宅途中だった若い女性だったんです。あなたは、同乗していた高杉さんが酒に酔って前後不覚になっていたのをいいことに、ひいたのは野良猫だと嘘《うそ》をついて、その場を逃げてしまったんじゃないですか」

諏訪が詰問した。

松野は何か言おうと口を開きかけたが、あきらめたように、口を閉じた。そして、無言で頷いた。

その松野の腕を取るようにして、諏訪は言った。

「署の方で詳しく話を聞きましょうか」

9

「あの夜は夕方から雨が降り出して、私が高杉先生を送って田無に着いた頃もまだ雨が降り続いていました——」

松野光一郎は田無署の取り調べ室で、観念したような声でそう話しはじめた。

「雨のせいで視界がきかなかったし、あのとき、後部座席に乗っていた高杉さんが何か話しかけてきたので、そちらに気を取られて、目の前を横切ろうとしていた人の姿に気が付かなかったんです。あっと思ったときにはもう遅かった。ガツンと鈍い衝撃がした。やったと思った。私は急停車すると、慌てて外に出てみた。道路に若い女性が倒れていた。耳から血を流し、四肢が痙攣《けいれん》していた。白目を剝《む》いている顔を見て、私は咄嗟《とっさ》にこれはもう駄目だと思った。もう少し怪我《けが》の程度が軽かったら、なんとか助けようとしたと思うのだが——私の頭は突然のことで何も考えられなくなっていた。新橋の料理屋で酒は飲まなかったといいましたが、高杉さんにすすめられて、ビールくらいは口にしていたんです。酔っていたわけではなかったのですが、警察に調べられれば、飲酒運転にされてしまうと思った。そう考えたら、怖くなって。車に戻ると、高杉さんが首のあたりを押えながら、『どうしたんだ。野良猫でもひいたのか』と言った。高杉さんは酔っ払っていて、何が起きたのかよく分からなかったらしい。私はついそうだと答えてしまった。あたりに人影は全くなかったし、同乗者の高杉さんは何も気が付いていない。私は後先も考えずに、車に乗り込むと、そのまま逃げてしまった——」

「それが医者のすることですか」

諏訪は溜息《ためいき》混じりに言った。

「申し訳ない。あのときはどうかしていた。魔がさしたとしか思えない。娘のこととか、心配事を抱え過ぎていて、正常な判断力を失っていたんです」

松野はそう言って深くうなだれた。

「それで、数日後、ひき逃げの件が高杉さんにばれてしまったんだね」

諏訪はさらに追及した。

「そうです。あのときは酔っ払っていて何も気が付かなかった高杉さんも、あのあと、新聞だかニュースを見て、ひき逃げ事故のことを知ったらしい。それでピンときたようで、私の病院に電話をかけてきた。あんたがひいたのは野良猫なんかじゃなくて、若い女性だったんじゃないか。あんたはひき逃げをしたんだ。こんなことが世間に知られたら困るだろう。あんたは医者としてはおしまいだ。そう言いました。ハッキリ口に出しては言いませんでしたが、あの先生がそれとなく私に金を要求しているのが分かりました。娘から、あの先生がサラ金に金を借りているとも聞いていましたし——」

「それで、高杉さんに金を渡したんだね。事故のことを黙っていて貰うために」

「そうです。一千万都合しました。高杉さんはそれを無利子無期限で借りると言いました。恐喝したと思われるのが厭《いや》だったんでしょう。必ず返すと言いました。そんな言葉は信用していませんでしたが、その代わり、あの事故のことは誰にもしゃべらないと約束してくれたのです」

「ところが、今年になって、恐喝の味をしめた高杉さんはまたゆすってきたのだろう?」

「ええ。それとなくまた。なくなった被害者の娘さんのことをあれこれ言うようになりました。一人娘で、しかも結婚も決まっていたらしいとか、母親など、心労のあまりか、あれ以来寝付いてしまったとか。父親は何年かかってもひき逃げ犯をつかまえると言っているとか。それを聞いて、私もこれ以上黙っているのが心苦しくなったとか、私の古傷を開くようなことばかり言うようになったんです。暗に、また金を要求しているのだなと思いました──」

「それで、あんたは、これではきりがない。それなら、いっそ高杉さんを殺して、永遠に口を封じてしまおうと思いついたんだな」

横から浜野が口を出した。

うなだれていた松野が弾かれたように顔をあげた。

「違います」

「違う？　どこが違うんだ。ここまでしゃべったんだ。全部、吐いちまいなよ」

「違う。私は高杉さんを殺してなんかいない。殺すなんて考えもしなかった」

「嘘をつけ」

浜野がどんと机を拳《こぶし》でたたいた。

「嘘じゃない。私は高杉さんに言ってやった。もうあの件で金はびた一文出せない。

病院の経営の方が今年になって思わしくないし、渡すような余分な金はないと言ってやったんだ。それに、もし警察へ行ってあの事故のことを話したいなら、話せとも言ってやった。でも、そんなことをしたら、あんたがあの件をネタに私を恐喝したのもばれるぞと言ってやったんだ。彼はそうなっては元も子もないと思ったらしい。それきり、電話はかかってこなくなった。だから、私には高杉さんを殺す動機なんか何もないんだ」

「それなら、どうして、日曜の夜、杉村美也子さんのマンションにいたなどと嘘をついたんだね」

諏訪が鋭く言った。

「いや、私は本当に美也子のマンションに――」

松野はうろたえたように口ごもった。

「いたというのかね。それなら、なぜ、あの夜、七時ごろにあのマンションで起こったボヤ騒ぎを知らなかったんだ」

「七時？」

松野はポカンとした。

「ボヤが起きたのは午後七時頃だったんだよ」

「………」

松野は刑事に一杯食わされたと悟ったのか、唇をかみしめた。

「それに、杉村美也子が全部白状したよ。昨日、我々が行く前に、あんたから電話があって、アリバイ工作を頼まれたとな」

「も、申しわけない……」

「本当はどこにいたんだ」

「うちに、うちにいたんですよ。あの夜はずっと自宅にいたんです」

松野は弱々しい声でそう答えた。

「おい、いいかげんにしろよ」

浜野がどなった。

「本当だ。嘘じゃない。うちにいたんだ。最初に言ったことが本当だ。娘が外出したのには気が付かなかった。十一時頃には寝てしまったというのも本当だ。でもこれではアリバイはないも同然だと思ったので、美也子にアリバイ工作など頼んでしまったんだ」

「しかしね、あんたの娘さんが、午前二時頃、あんたの車が車庫になかったと言ってるんだよ。車はどうしたんだ？」

浜野が追及した。

「そんなはずはない。車はちゃんと車庫にあったはずだ。あ、あれは娘の勘違いでなければ、あの娘が嘘をついているのだ。そうだ。きっとそうに違いない。あんたがたにも話しただろう？　あの娘は母親のことを誤解して、私を恨んでいた。だから、わざと私に不利なことを言って、私を困らせようとしているのだ。頼む。もう一度、愛に聞いてみてくれ」

松野は必死の形相で訴えた。

「まったく往生際が悪いな、あんたも」

浜野は呆《あき》れたように言った。

「そうだ。そういえば――」

松野は急に何か思い出したように、目を輝かせた。

「あの夜、うちに電話がかかってきた。夜の十一時ちょっと前くらいだった。そろそろ寝ようかと思ったとき、電話が鳴ったんだ。私はそれに出た。あの電話の主なら、あの夜、私が自宅にいたと証明してくれる」

松野は藁《わら》にもすがりつきたいような様子で、そう言い出した。

「誰からの電話だったんです？」

諏訪がたずねた。

「それが――」

松野の目が途端に曇った。

「よく分からないんです。女の声だったんだが」

「よく分からないって？」

「間違い電話だったんですよ……」

「間違い電話？」

「そうです。女の声で、『そちらにユキエさんという方はおられますか』。たしか、そう言いました。私が『いいえ、おりません』というと、相手は、『失礼しました』と言って切ってしまった」

「それだけ？」

浜野が眉をつりあげた。

「それだけです」

松野は蚊の鳴くような声で答えた。

「それじゃあ、探しようがないな。相手の名前も分からないんじゃ」

浜野は笑って肩を竦《すく》ませた。

「でも、相手は私を知っているようでした。違うところへかけるつもりで、うっかり番号を間違えたというのではなかった。私が出ると、『松野さんのおたくですね』と言いましたから。だから、あの女性を探せばきっと――」

「それは日曜の夜だったのかね」

何かじっと考えこんでいた諏訪がたずねた。

「え」

「その電話がかかってきたのは」

「だったと思いますが……」

松野は自信なさそうに答えた。

「どうします。もう一度松野愛にあたってみますか。それとも――」

取り調べ室から出てきた浜野が諏訪にたずねた。

しかし、諏訪は答えなかった。うわの空で、何か考えこんでいる。

「おやっさん」

「なんだ」

諏訪ははっと夢から覚めた顔をした。

「どうしたんですか、ボンヤリして」

「いや、電話のことを考えていたんだ」

「電話って？」

「松野が言っていた間違い電話のことさ」

「ああ、あんなの、きっと、松野の苦し紛れのでたらめですよ」

「いや、あれはやつのでたらめじゃない」

「え。どうして分かるんですか」

「同じような電話がうちにもかかってきたからだよ」

「えっ」

浜野はたまげたような声を出した。

「それ、本当ですか」

「ああ。うちにかかってきたのは、土曜の夜だったけどな。やはり十一時ちょっとすぎ頃だった。おれが電話に出ると、女の声で、『おたくにユキエさんという人はいるか』と聞かれた。『そんな人はいない』と答えると、『失礼しました』と言って電話は切れた――そのときはただの間違い電話だと思っていたのだが」

「へえ……」

「妙だな。松野のところにも同じような電話がかかっていたなんて」

「そうですね」

「それに、今気が付いたんだが」

諏訪はじっと一点を見詰めながら言った。

「高杉久雄の亡くなった妻の名前がたしか、ゆきえだった。これは偶然の一致だろうか？」

10

「もう一度聞くが、日曜日というか月曜の午前二時頃、きみが帰宅したとき、松野さんの車は車庫になかったんだね」

諏訪は、松野愛にそうたずねた。諏訪と浜野はみたび芙蓉女学院を訪ねていた。

「なかったって言ったでしょ」

愛は面倒臭そうにそっぽを向きながら答えた。

「これはとても大事なことなんだよ」

諏訪は厳しい声で言った。

「だからなんだって言うのよ」

「実は、さきほど松野さんが逮捕された」

諏訪がそう言うと、愛の目がえっというように大きく見開かれた。

「うそ?」

信じられないという顔で諏訪をまじまじと見詰めた。

「どうして。どうしてパパが逮捕されたのよ」

愛はほえるような声で言った。

「松野さんも容疑を認めている。自分がやったとすべて自供した」

「うそっ。そんなはずない」

愛はかぶりを振った。

「なぜ、そんなはずないんだ」

「パパが犯人のわけないもの。高杉先生を殺したのはパパじゃないよ」

「誰が高杉先生を殺したって言った？」

「え。だって、今、パパが逮捕されたって言ったじゃない」

「高杉先生の件じゃないよ。松野さんが逮捕されたのは、昨年起きたひき逃げ事件の犯人としてだ」

そう言うと、愛はポカンとした顔になった。

「ひき逃げ？」

「きみの言った通りだった。松野さんは前に人ひとり殺していたんだよ」

「あ、あれはママのことを言ったんだよ。だって、パパの愛人が原因で、ママは心臓発作を起こしたんだもの。パパが殺したようなものじゃない。だから――」

　愛は慌てて言った。やはり、愛はひき逃げの件については全く知らなかったらしい。

「松野さんが殺したのはきみのお母さんじゃない。会社からの帰宅途中の若い女性を車ではねて死亡させていたんだ。しかも、医者でありながら、瀕死《ひんし》の女性をその場に残して逃げてしまった。その件で逮捕されたんだよ」

「そ、それじゃ、高杉先生を殺したわけじゃないんだね」

　愛は幾分ほっとしたような顔になりかけた。

「いや、ひき逃げの容疑を認めたことで、そちらの容疑者である可能性も出てきたんだ」

「ど、どういうことよ、それはっ」

「松野さんがひき逃げをしたとき、松野さんの車に高杉先生が同乗していたんだ。その件で、高杉先生は松野さんをゆすっていた。松野さんにはあの先生を殺す動機があったわけだ」

　こんなことを松野の娘である彼女に話すのは酷なような気がしたが、こうでも言わなければ、愛は本当のことを言わないだろうとふんで、諏訪はやや意地の悪い口調でそう言った。

「でもパパじゃないよっ。高杉先生を殺したのはパパじゃないっ」

愛は叫ぶように言った。

「しかし、きみが帰ってきたとき、車庫には車がなかったんだろう?」

「あれは嘘だよ」

「嘘?」

「嘘だったんだよ。車は車庫にあった」

「どうしてそんな嘘をついたんだ?」

「だって、パパを困らせてやりたかったんだもん」

やっぱりそうか。諏訪は腹の中でそう思った。

「じゃ、車はうちにあったんだね」

「うん、あった」

愛はこっくりと頷いた。

「しかし、車があったからと言って、松野さんがうちにいたとは限らないな。田無へ行くのに車は使わなかったのかもしれない」

「そんなことないよ。あたし、見たもん」

愛はすぐに言い返した。

「見たって？」

「帰ってきたら、明かりが消えていたから、パパはもう寝てるかなと思って、寝室をこっそりのぞいてみたんだ。ちゃんとパパはいたよ。だから、パパが高杉先生を殺せるわけがないんだ。本当だよ。刑事さん」

11

「どう思います？　あの娘の言ったこと」

女学院の玄関の方に向かいながら、浜野が疑わしそうに言った。

「おれにはあれが本当って気がするがな」

諏訪はそう答えた。

「ということは、おやっさんは松野が犯人ではないと？」

「まだ何とも言えないが、どうも例の電話の一件が気にかかる」

「あの、ユキエという女を探しているような電話ですか」

「なぜ、松野とおれのところに同じような電話がかかってきたのか。どうも気になってしょうがない。それに、松野の話だと、あれがかかってきたのは、日曜の夜だと思ったが、もしかすると土曜の夜だったかもしれないと、あとで言っていただろう?」

「ええ。だとしたら、よけい、その電話の主を探してみたところで、松野のアリバイの証人にはなりえませんよ」

「そういうことじゃなくて——」

諏訪はそう言いかけ、はっとしたように、

「もし、その電話の主が、高杉ゆきえを探していたのだとしたら、どうだろう?」

「どうって?」

浜野が面食らったような顔をした。

「殺された高杉の妻の名前がゆきえで、電話の主が探していたのも、ユキエ。偶然の一致とは思えないんだよ」

「だとしたら、その妙な電話をかけてきた女は、高杉の家にも同じような電話をかけているかもしれませんね」

「そうだな。高杉いずみが何か知っているかもしれない」

諏訪は足をとめ、腕時計を見た。

「ちょっといずみに会って聞いていくか」

諏訪はそう言うと、きびすを返して、教務課に戻り、今度は高杉いずみを呼び出して貰った。

数分ほどして、すぐにいずみがやってきた。

「たびたび申し訳ないね」

諏訪はかすかに笑いかけた。

「いいえ」

いずみはきまじめに首を振って、「何か?」というように諏訪を見詰めた。

「先週の土曜日の夜だが、女性の声で電話がかかってこなかった?」

諏訪がそうたずねると、

「電話ですか」

といずみは思い出すような目をした。

「その女性に『ユキエさんはいるか』というようなことを聞かれなかったかね」

いずみの顔にはっとしたものが浮かんだ。

「ありました」

「あった?」

「そんな電話がたしかにありました。あたしが出たんです」

「何時頃だったかおぼえているかね」

「たしか、夜の十一時を過ぎていたと思います。出ると、『ユキエさんはおられますか』って聞かれたんです。女性の声でした。咄嗟《とっさ》に母の知り合いか何かだと思ったので、『母はなくなりました』と答えたんです。そうしたら、その人は、ちょっと黙ってから、『お父さまはおられますか』って聞いたんです。養父《ちち》は書斎にいたので、すぐに養父に代わりました。書斎に電話の子機があるので、養父はそれでその人と話していたようです」

「その電話の女は、高杉さんと話したのかね」

諏訪はかみつくような声でたずねた。

「え、ええ。そのすぐあとで、書斎から出てきた養父に、『今の人、誰?』って聞いたら、養父は『お母さんの古い知り合いだそうだ』って答えたんですが――でも」

いずみはそこまで話して、ふと眉を寄せると、

「あたし、あの女の人の声、どこかで聞いたような気がしたんです」

「聞いたような気がした？　きみもか」

諏訪は驚いたように聞き返した。

「え。きみもって？」

いずみはきょとんとした顔をした。

「あ、いや。その女性の声に聞き覚えがあったんだね」

「ええ。どこで聞いたのか思い出せないんですけど。どこかで前に聞いたような。養《は》母《は》の知り合いというなら、前にもどこかで会ったか電話で話したことがあったのかもしれませんが」

「その女の声というのは、こう、女性にしては低い声じゃなかったかね。年の頃なら三十歳前後の？」

諏訪は自分の聞いた女の声を思い出しながらたずねた。諏訪自身、どこかで聞いた声だと思いながら、思い出せないでいた。

いずみはこくんと頷いた。

「ええ、そうです。アルトの、とても感じの良い声でした」

少女

少女の鼻歌がふいにやんだ。

養父を殺したのが強盗の仕業だと警察は信じてくれるだろうか。二階に寝ていたあたしを誰も疑わないだろうか。

そんな不安が黒い頭をもたげてきた。

だいじょうぶ。だいじょうぶよ。誰もあのことを知らない。誰もあたしが養父を殺した動機を知らない。

養母でさえ……。

養父は職場でも近所でも真面目な人で通っていた。誰もあたしにあんなことをしていた男だとは夢にも思うまい。動機さえわからなければ、誰もあたしを疑う人はいない。

でも――

少女の目が凍り付いたようになった。

一人だけいる。

一人だけいるじゃないか。あたしが養父を殺したいと思っていたことを知っている人間が。

少女はじっと浴室の窓を見詰めた。秋の夜風が外の樹木をゆらしている。その影がおどろおどろしく窓に映って揺れていた。

あの人には打ち明けてしまった。

あたしは長い手紙を書いて、本名と住所と電話番号まで書いて、あの人に送ってしまった。

あのミッドナイト・ジャパンの新谷というＤＪに。

彼女は番組の中であれを読まなかった。でも、あの手紙は彼女のもとに届いたはずだ。彼女はあれを読んでいるはずだ。

少女の身体が小刻みに震え出した。寒さのせいでも恐ろしさのせいでもなかった。

怒りのせいだった。

少女は小さな拳を握り締めた。あんな手紙を書くなんて。あんな手紙を書いて送るなんて。

いっときの感情に押し流されて、なんて馬鹿なことをしてしまったのだろう。養父の事件が新聞かテレビで報道されれば、彼女もそれを見るに違いない。そして、居直り強盗に殺されたはずの男の苗字が、あの手紙をくれた高校生の苗字と同じことに気が付くに違いない。苗字だけじゃない。住所まで同じだと……。

どうしよう。今ごろになって、気が付くなんて。どうしよう。彼女はあたしを疑うにきまってる。そして、それを警察にしゃべるかもしれない。

どうしよう。

そのとき、少女の心臓が口から飛び出しそうになった。

ガラガラと表の戸の開くような音がしたからだ。

誰？

少女はシャワーを止めた。

表の戸には鍵《かぎ》がかかっている。それを開けて入って来ることができるのは一人しかいない――

でも、まさか。

養母が帰ってくるはずがない。病院の夜勤の仕事は朝までのはずだ。

それでも、少女は胸騒ぎに耐えられなくなって、裸のまま、浴室を抜け出した。廊下を走って、養父の寝室まで行った。

血まみれの死体のそばに、両手をだらりとさげて、茫然と立ち尽くしている女の姿があった。足元には手提げ袋が転がっていた。

女は少女の気配に振り向いた。

真っ白な表情のない顔で静かにたずねた。

「あんたがやったの、可南子」

第五章　少女Aはわたしです

1

土曜日の夜だった。

西新宿のネオン街が見下ろせるビルの三階にある喫茶店で、脇坂一郎は五分おきに腕時計を見ながら、新谷可南を待っていた。

十何回目かの腕時計睨《にら》みから目をあげたとき、ようやく入り口のところに可南の姿が現れた。

「ごめん、待った？」

可南は脇坂のテーブルに着くなり、息を弾ませながら、そう言った。

「いや、おれも今来たとこだから」

脇坂は咄嗟《とっさ》に嘘をついた。本当は、約束の時間よりも三十分も早くきていたのだが。自分のプライドを保つためなのか、可南に気を遣わせないためなのか、なぜ嘘をついたのか、自分でも分からなかった。

「そのわりには、灰皿がてんこもりになってるじゃない」

可南は意地悪い目付きで吸い殻で一杯になった灰皿をちらと見た。

「そ、それは、前の客のだろう」

脇坂は、一時間半もいたのに灰皿を替えにこようともしなかったウエイトレスの怠慢を腹の中で罵《ののし》りながら、しどろもどろに言った。

薄暗い店内の照明のおかげで、赤くなったことには気付かれなかったようだ。

「出がけに電話が入っちゃったもんだから」

それが一時間も遅れた理由だというように、可南は言った。

「ばかにおめかししてるんだね」

脇坂は眩《まぶ》しそうに目の前の同級生を見た。可南は胸の開いたワインレッドのドレスを着ていた。胸に付けた真珠のネックレスと同じようなきらめきをもつ歯を見せて、彼女はにやりと笑った。

「そりゃ、初恋の人に会うんだもの、少しくらいはおしゃれしてこなくちゃ」

初恋の人？　おれが？

「冗談だろう？」

脇坂はどぎまぎしながら、かろうじて笑った。

「あら本当よ。知らなかった？」

可南はけろりとした顔でそう言うと、注文を取りにきたウエイトレスにアイスティを頼んだ。

「駅から走ってきたんで喉《のど》かわいちゃった」

「でも――」

脇坂は拗《す》ねたような声で言った。

「たとえそうだったとしても、今のきみの彼氏にはとても太刀打《たちう》ちできないな」

「なんのこと？」

可南はドレスと同色の小意気なハンドバッグから銀色のシガレットケースを取り出しながら、きょとんとした顔をした。

「南武グループの御曹司《おんぞうし》、辻井秀之《つじいひでゆき》。あのサラブレッドが今の彼氏なんだろう？　昨日、歯医者の待合い室で読んだよ。きみたちがツーショットで撮られた写真週刊誌をさ」

脇坂は笑おうとしたが失敗した。自分でも言いながら顔が歪《ゆが》むのを感じた。慌てて、頬《ほお》を手で押えて、治療してもらったばかりの奥歯が痛む振りをした。実際に疼《うず》いているのは歯ではなかったが。

「ああ、あれ。だいぶ前の週刊誌じゃない」

可南は眉ひとつ動かさずに、細巻きの煙草に火をつけた。

「でも、まだ付き合っているんだろう?」

「付き合うというか――」

「彼じゃないのか? この前の北海道旅行の相手は」

「違うわよ」

「へえ、そうかな」

「気になる?」

「てわけでもないが」

「たしかに、ちょっとお付き合いしてたことはあるけどね。あの写真もその頃に撮られたものよ。でも、考えてもみてよ。あんなお坊ちゃまとあたしが釣り合うと思う？」

「写真を見る限りでは、お似合いに見えたけどね」

「南武グループの若社長よ。それにプレイボーイで有名な人だわ。恋愛のまね事はしても、いざ結婚となったら、親のすすめる相手を選ぶに決まってるじゃない。彼が望んでも、親が許さないわよ。一介の少女小説家風情との結婚なんてさ。そんなことも分からないほど、あたしは馬鹿じゃないわ。あの人の下の妹というのが、あたしのファンとかでね、それで二度ほど食事を一緒にしただけよ。しかもその妹というおまけつきで」

「でも——」

「それより、例の事件のこと」

可南は話題をするりと変えてしまった。

「松野という医者が逮捕されたって本当？」

「いや、逮捕されたのは、別件らしい」

「別件って？」

脇坂は、昨日から芙蓉女学院で噂《うわさ》になっていることを話した。

「それじゃ、松野はひき逃げを隠すために、高杉という教師を殺したわけ？」

「まだ自供したわけじゃないらしいけどね。松野には高杉先生を殺す動機があったってことさ。だけど、驚いたよな。あの高杉先生が恐喝だなんて。そういうことは一番しそうにない人だと思っていたのに」

「真面目人間だったから？」

可南が片方の眉を吊《つ》りあげた。

「うん。絵に描いたような真面目人間だった」

「真面目人間ってのが一番危ないんだよ」

可南は独り言のように言うと、運ばれてきたアイスティに口をつけた。

「あたしもそういうエセ真面目人間を一人知っていた」

「誰？」

「うちの父」

「ああ」

脇坂は気の毒そうな目になった。可南が高校一年のとき、女と暮らすために、可南と妻を捨てた男だった。たしか、益田義三《よしぞう》とか言ったっけ。役所の職員で、見るからに小心で真面目そうな男だった。とても女を作って家庭を捨てる男には見えなかったが……。

「きみのお母さんもあれから苦労したね。看護婦やりながら、きみを大学まで出してくれたんだろう」

「母には言葉に言い尽くせないほど感謝している。気丈な人だった。これから一緒に住んで親孝行してあげようと思ってた矢先になくなってしまって。何もしてあげられなかった。母はあんなにも多くのことをあたしのためにしてくれたというのに。実の母だって、あそこまではしてくれなかったと思うわ」

可南は遠い目をして、ボンヤリとした口調で言った。

「実の母だって――って、そうじゃなかったのか？」

脇坂は驚いて可南の顔を見詰めた。この前よりも念入りに化粧を施した美しいその顔を。

「あたし、養女なのよ」

可南はあっさりとした口調で、そう打ち明けた。

「へえ、知らなかった」

「もっとも、戸籍上は実子になっているけど。だから、このこと、知っていたのは、父母とあたしだけ。あたしだって、高校に入ったときにはじめて知らされたのよ。父の口からね」

可南の目に一瞬、獰猛《どうもう》ともいえる炎が燃え上がった。それは燃え上がってすぐに消えたので、脇坂は気が付かなかったが。

「本当は、父とも母とも血がつながってないんだって、父に言われたとき、天地がひっくりかえるくらいのショックを受けたわ」

「それじゃ、きみの実の両親は?」

「さあ、そこまでは聞いてない。詳しい話はしてくれなかった。養母が産婦人科の看護婦をしていた関係で、身よりのない赤ん坊を引き取って、自分の子供として届けを出したんだってことしか」

「そうだったのか。だから、きみは、あの『少女A』からの手紙に、あんなに――」

「まあね。それもあったかもしれないわね。他人事とは思えないって気持ちが。ねえ、他の同級生たちにしゃべっちゃだめだよ。誰も知らないことなんだから。脇坂君だけに特別に教えてあげたんだから」

可南は店の照明が映っている美しい目で、睨《にら》むようにして、意味ありげに、じっと脇坂の目をのぞきこんだ。

「だ、誰にも言わないよ」

脇坂は慌てて言った。特別と言われたことで、またひそかに希望を持ちはじめていた。

「それにしても、奇妙な事件だったわね」

可南は煙草を揉《も》み消すと、テーブルに両ひじをつき、細いあごを両手でささえながら、溜息《ためいき》をついた。

「被害者も養父、犯人も養父、おまけに刑事まで養父だったなんて」

「まだ松野が犯人と決まったわけじゃないけどね」

脇坂は苦笑しながらそう言いかけ、

「え、刑事までが養父って？」と聞き返した。

「脇坂君、会わなかった？　田無署の諏訪って中年刑事」

「いや、おれは会ってない」

「あ、そう。その刑事がね、あの三人目の『少女A』候補の諏訪順子の父親だったみたい。聞いて確かめたわけじゃないけど、たぶんそうだわ。たしか、諏訪順子の父親の職業は警官だったよね、あなたのメモによると」

「へえ、そうか。それは奇遇だな。諏訪順子の父親は田無署の刑事だったのか」

脇坂はそう言い、腕時計を眺める振りをした。午後八時になろうとしている。

「そろそろ出ないか」

昨日の夜の可南の電話では、西新宿の喫茶店で待合わせて、そのあと、どこかで食事をしながらお酒でもという話だった。この前の埋め合わせのつもりらしかった。

「うん、それがね」

可南はアイスティを飲み干すと、浮かない顔になった。

「これから用ができちゃったのよ、あたし」

「え、だって、今日は一日、あいてるって」

伝票をつかんで立ち上がりかけた脇坂は思わず恨みがましい声でそう言った。

「そのはずだったんだけど、さっき言ったでしょ、出がけに急の電話が入ったって
——」

「仕事?」

「そうなの。ごめん」

可南は両手を合わせて、片目をつぶった。

「仕事ならしょうがないけど……」

脇坂は口の中でもごもご言った。がっくりしてしゃべる気にもならなかった。肩透かしを食うのはこれで二度目だ。

「ほんとにごめん。今度こそ、ちゃんと時間作るから。それこそ、朝までだって空けておくから。今日は勘弁して」

そう言いながら、可南は立ち上がった。

「仕事って、誰かに会うのか」

脇坂はそのためのおしゃれかと思いながら、ゆううつな声でたずねた。

「ええ、まあね。ちょっとおエライさんで、気の張る人なのよ。で、こんな気取った恰好《かっこう》してきたってわけ……」

可南はそう答えて、苦笑いした。

そのわりには、可南の目がキラキラとして輝いて見えるのはどうしてだろう、と脇坂は思っていた。

2

電話で聞いたレストランに入って、受付で辻井の名前を出すと、「こちらでございます」と奥の個室に案内された。

中に入ってみると、辻井秀之は既に来ていた。

「個室取るなんて、珍しいわね」

可南は席につきながら言った。

「まあ、そういう気分だったから」

辻井はアペリチフのドライマティーニのグラスを口もとに運びながら、にやりとした。部屋の照明が、その白すぎる歯に反射した。

「あなたの方が先に来てるのも珍しい」

「特別の日に遅刻しては申し訳ないから」

辻井はオリーブの実の浮いたグラスの縁ごしに、意味ありげな視線を可南の方に投げ掛けた。

特別な日？

可南の心臓がドキンと一つ鳴った。期待の胸の高鳴りだった。出がけに突然、電話で、「今夜、会えないか。ぜひ渡したいものがある」と言われたときから、もしかしたらと期待を抱きそうになる自分を叱《しか》り付けながら、ここまで来たのだ。

「きみもとりあえずマティーニでいい？」

辻井はたずねるというよりも、確認を取るような口調でそう言った。こういう話し方が身についた男だった。

「ええ」

可南が頷くと、店の者は心得た顔で出て行った。

「で、なんなの。渡したいものって」

可南は心の動揺を鎮めるために、テーブルの上のナプキンに触れながら言った。さりげなく言ったつもりだったが、声の震えは隠せなかった。

「ああ、これさ」

辻井は気軽な口調で言って、傍らのセカンドバッグを開けると、中から細長い封筒のようなものを取り出した。

「なあに？」

可南はそれが自分の期待していたものではなかったので、内心がっかりしながら、それでも関心ありげにのぞきこんだ。

「北海道へ行ったときの写真。今日、現像できてきたから」

辻井は楽しげな口調で封筒の中から何枚かのスナップ写真を取り出した。

渡したいものってこれだったの？

可南の胸の中で弾んでいたものが急速に萎《しぼ》んでいった。

「これなんか、よく撮れてるよ」

辻井は笑いながら、摩周湖を背景に帽子が風に飛ばされないように押えながら写っている可南の写真を指さした。

「あら、ほんと」

可南もしかたなく強張った頬を無理やり緩めた。

「朋美《ともみ》がこの写真欲しがってさ」

辻井は、可南の大ファンだという高校生になる下の妹のことを言った。

「それにしても、この日の摩周湖はよく晴れていたね」

まだ写真を見ながら、辻井は感心したような声で言った。

「でも、晴れた摩周湖を見た女は、幸せな結婚ができないって言い伝えがあるそうよ」

可南は失望が顔に現れないように、ほほ笑みながらそう言った。

「へえ、ほんと？」

辻井は写真から顔をあげた。

「だから、あたし、もしかしたら、そうなるかもね」

「そんなことになったら大変だ。摩周湖を見に行こうと誘ったのはぼくの方だからな」

「あなたが南武グループの若社長でなければ、責任取ってよと言うところだわ」

可南は苦い思いをつい口にしてしまった。

「南武グループの若社長なら、責任取らせて貰えないのか」

辻井の顔から笑みが消えた。まじめな顔になると、じっと目の前の女の顔を見詰めた。

「言うだけ無駄だもの」

可南は肩を竦ませてみせた。

「無駄か無駄でないかは、言ってみなければ分からないさ」

辻井は口の中でつぶやいた。

「ねえ、もう食事にしない？　あたし、おなかペコペコ」

飲物が運ばれてきたところで、可南はわざと陽気な声で言った。これ以上、神経を切り刻むような、思わせぶりな会話を続ける気にはなれなかった。食事が喉《のど》を通るとは思えなかったが、こんな会話を続けているよりはましな気がした。

「言ってくれないかな」

しかし、辻井はやや硬い表情のまま言った。

「なにを？」

「だからさ――」

辻井は言いにくそうに咳払《せきばら》いをした。

「晴れた摩周湖を見せた責任を取ってよ、って」

「………」

「それを言ってくれないと、これを出すタイミングが取れないじゃないか」

照れくさそうにそう言うなり、辻井は背広の懐から、小さな箱を取り出した。

濃いブルーのビロードの箱だった。

可南の目が、手品師の魔法を見る子供のように、大きく見開かれた。

そのいっぱいに見開いた目で、男の顔を見た。

「まさか、スナップ写真を渡すために呼び出したとは思ってないだろ」

「でも——」

「これを渡したかったんだ」

辻井は小さなビロードの箱を可南の手前まで差し出した。

かすかに震える指で箱の蓋《ふた》を開けると、ダイヤモンドをちりばめた銀色の指環が入っていた。

「晴れた摩周湖を見せてしまった責任を取らせて欲しい——なんてちょっと恰好のつけすぎかな」

辻井はそう言って頭を掻《か》いた。

「でも、お父さまが反対してたんじゃなかったの」

可南はひそかに期待していたにもかかわらず、いざその期待が銀色のきらめく形になって目の前に現れてみると、ひどくうろたえてしまった。

「なんとか許して貰えたよ。父を説得したのは、ぼくというより、朋美だったんだけどね。きみが義姉になるならって、あいつ、はりきって父を言い負かしちゃったんだ。父は下の妹には甘いから。とうとう言い負かされてしまった。だから、小姑《こじゅうと》が二人もいるからって、嫌いにならないでくれよ。少なくとも、下の小姑はぼくたちのキューピッドなんだから」

辻井は、可南の驚いたような顔を満足そうに見ながら、鷹揚《おうよう》に笑った。

可南はビロードの箱におさまった指環を見詰めながら、独り言のようにつぶやいた。

「あたし、あきらめていたのに」

「あなたのお父さまが、興信所を雇って、あたしのことを調べさせていると聞いたときから――」

「あれは済まなかったね。きみを侮辱したみたいで気がすすまなかったんだが。でも、いざ結婚となると、当人同士だけの問題じゃなくなるから」

「興信所を使ったなら、あたしの父のこと、もうご存じなんでしょう?」

「きみのお父さんが、きみが高校生のときに、愛人を作って家を出てしまわれたことか」

　辻井の眉が僅《わず》かにひそめられた。

「それでも許してくれたの」

「正直いって、父もそれには多少はこだわっていたらしい。でも、見方を変えれば、身勝手な父親が失踪してしまったにもかかわらず、きみとお母さんは力をあわせて立派に生きてきたわけだからね。むしろ、そちらの方を見るべきじゃないかってぼくは言ったんだ。なにも父親の不始末を娘が償う必要はない」

「…………」

「それ、受け取ってくれるね」

　辻井は一抹の不安もない顔で、あらためて可南にそうたずねた。

　可南は頷いた。

　言葉にしたくても、突然目の縁から溢《あふ》れ出た生暖かい水を手で押えるのが精一杯で、何も言えなかった。

3

翌日夜。諏訪が自宅に帰ると、順子が居間の電話の前にいて、「お父さん、電話」と言った。

順子に渡された受話器を耳にあて、「諏訪ですが」と言うと、「夜分すみません。高杉です」と細い声がした。

高杉いずみだった。

何かあったら、自宅の方でもいいからと、諏訪は自宅の電話番号をいずみに教えておいたのである。

「何か？」

「あたし、思い出したんです」

いずみが興奮を隠せない声でいきなり言った。

「思い出したって、何を？」

「電話の女性の声です」

「先週の土曜の夜にかかってきた電話だね」

　諏訪ははっとして聞き返した。

「はい。あの声、誰に似ていたんだろうって――それで思い出したんです」

「誰なんだ」

「新谷可南さんです。ミッドナイト・ジャパンの木曜日のパーソナリティの」

　シンタニ・カナ？

　諏訪はあっと言いそうになった。急に頭にかかっていた霧が晴れたような気がした。そうだ。あの女の声は、南青山のマンションを訪ねたときに聞いた、新谷可南の声に似ていたのだ。

「彼女の声だったというのかね」

「あの人の声だったと断言できるわけではありませんが。でも、あの人の声にとても似ていたような気がします。それに――」

「それに？」

「なくなった養母《はは》と新谷さんは、もしかしたら、知り合いだったんじゃないかと思うんです」

「ほう？　お母さんから彼女のことを聞いたのかね」

「いいえ、直接にはないんですけど。でも、一度だけ、あれはたしかあたしが芙蓉女学院の中等部に合格した翌日でした。合格祝いをかねて、養母と銀座に出て、三越で買い物をしたことがあったんです。そのとき、あたしがトイレに入ってる間に、外で待っていた養母は偶然昔の知り合いに会ったと言いました。新谷さんの名前は言わなかったけれど、小説を書いている人で、昔、養母がラジオのディスク・ジョッキーをしていた頃に知り合った人だとか——」

「きみのお母さんは昔、ラジオのDJをしていたのか」

諏訪は驚いて聞き返した。

「ええ。あたしもそのときはじめて聞いたんですけど。養母は結婚前はジャズ歌手をしていて、ラジオの仕事もしていたんだそうです。けっこう売れていたらしいんですが、ポリープのために歌が歌えなくなったそうで、それで芸能界に見切りをつけて引退すると、数年後に、見合いで養父と結婚したんだそうです。養母はあのとき、ちょっと嬉《うれ》しそうに、『あの子、わたしの旧姓をペンネームにしたんだって』と言っていたのをおぼえています」

「お母さんの旧姓は？」

「新谷です。新谷ゆきえが養母の結婚前の名前でした。養母は本名で歌手の仕事をしていたんです。養母が偶然会ったその人は、当時まだ高校生で、養母のファンだったらしいんです。それで、自分のペンネームに養母の旧姓と同じものをつけたらしいって。今から思えば、あれは新谷可南さんのことだったんじゃないかって――」

「それはたしかかね」

「ええ、でも、あたしも記憶がうろおぼえだったのもあって、確かめようと思って、今日、田無の家に戻って養母の日記を探してみたんです。養母は若い頃からずっと日記をつけていて、あたしが日記をつけるようになったのも、養母の影響だったんです。それで、その日記を見れば、養母があの日三越で会った人のことをもっと詳しく書いているんじゃないかと思って」

「で、日記には書いてあったのかね」

「それが、いくら探してもないんです」

「ないって、お母さんの日記がかね？」

「ないんです。一冊も。養父と結婚したとき、若い頃つけていたのも持ってお嫁にきたというのに」

「お母さんがなくなったとき、高杉さんが処分してしまったのでは？」

「それはありません。養父がそんなことをするはずがありません。いつだったか、養父が形見になってしまった日記を読んでいるのを見たことがありますから。そういえば――」

いずみはふと黙った。また何かを思い出したようだった。

「養父に一度聞かれたことがあります」

「何を聞かれたんだね？」

「新谷さんのことです。新谷可南って少女小説家を知ってるかって。読んだことはないけど知っていると言うと、有名なのかとか、まだ独身なのかとか色々聞かれました。今から考えると、養父は、養母の日記を読んで、そこに何か新谷さんについて書かれていたんじゃないかと思うんです。それで興味を持って、あたしに聞いたんじゃないかと――」

「その日記がなくなっていたんだね」

「はい。それが何だかとっても気になって、一応刑事さんにお知らせしておこうと思って」

「いや、どうもありがとう」

諏訪はそう言って電話を切った。

「高杉って言ったけど、高杉いずみさん？」

そばのソファで諏訪の電話に聞き耳をたてていたらしい順子がすぐにそう聞いてきたが、諏訪は返事をしなかった。

返事ができないほど、自分の考えに浸り切っていた。

もしかしたら――

諏訪の頭の中である疑惑が形をもちはじめていた。

4

「新谷可南が？」

浜野啓介はおでんをつついていた箸《はし》をとめて、意外そうな顔をした。

諏訪は高杉いずみからの電話があったあと、浜野を呼び出して、保谷駅前の飲み屋に誘ったのである。浜野を相手に自分の推理を話してみたくなったのだが、自宅では、順子がいるので、あまりおおっぴらに話ができないと思ったのだ。

「新谷可南が松野やおやっさんの所に妙な電話をかけてきた女だと言うんですか」

浜野はもう一度繰り返した。

「おそらくな」

諏訪はコップ酒に口をつけながら言った。

「高杉いずみに言われて、おれもはじめて気が付いたんだが、あの女の声はたしかに新谷可南の声に似ていた——」

「でも、どうして彼女が?」

「それに、彼女なら、おれや松野や高杉の住所や電話番号を知っていたと考えてもおかしくない。前に南青山のマンションを訪ねたときのことをおぼえているか」

「ええ」

「あのとき、芙蓉女学院の教師の中に、高校時代の同級生がいるとかで、その教師に、『少女A』の正体を調べて貰ったとか言ってただろう?」

「ええ、おぼえてます」

「そのときに、高杉いずみと松野愛と順子の住所と電話番号を手にいれていたんじゃないだろうか」

「それは考えられますが——」

浜野はまだ納得できないという顔で曖昧《あいまい》に頷いた。

「そこで、おれはちょっと大胆な仮説をたててみた。新谷可南は高杉ゆきえと顔見知りだった。だが、付き合いはずっと続いていたわけではないらしい。おそらく、何年も交際は途絶えていたのだろう。ところが、何らかの事情で、新谷は、最近になって、高杉ゆきえの居場所を知る必要に迫られた。そこで、彼女は、『少女A』の手紙なるものを捏造《ねつぞう》した——」

「ちょ、ちょっと待ってください。あの『少女A』からの手紙は、新谷可南が自分で書いたというんですか」

浜野はびっくりしたような顔で言った。

「その可能性も出てきたんだ。新谷は小説書きだから、ワープロくらい持っているだろうし、自分の番組だから、あの手紙を読むも読まないも彼女の自由だ」

「たしかに、あの手紙を新谷自身が書いたという可能性は考えられますが、問題は動機ですよ。なぜそんなことをしたんですか」

「高杉ゆきえを探すためだよ」

「そこが分からないな。高杉ゆきえを探すためなら、なぜそんな手のこんだ真似をする必要があるんですか。興信所に頼むなりなんなりすればいいじゃありませんか」

「それじゃ、逆から考えてみようか」

諏訪はじれったそうに言った。

「高杉は松野をゆすっていた。しかし、松野の話を信じるとすれば、松野は二度目の金の無心は断ったという。高杉としても、松野に開き直られて、自分が恐喝者だとばれるのはまずい。それで、松野からは手を引いた。しかし、恐喝の味をしめてしまった高杉は、そうおいそれとはやめなかった。たまたま、亡妻の日記を読んでいて、そこに二人目の獲物の匂《にお》いを嗅《か》ぎ付けてしまったとしたらどうだろう？」

「それが新谷可南だというんですか」

「いずみの話だと、高杉は亡妻の日記を読んだあとで、新谷についてをあれこれ聞いたらしい。ゆきえの日記の中に、何か新谷の過去の秘密か何かが書かれていて、高杉がそれをネタに、今度は新谷を恐喝することを思い付いたとしたら？」

「ありえない話じゃないですね。毒をくらわば皿までといいますから」

「ただ、高杉は最初の恐喝で自分の顔や名前を相手に知られるのは不利だということを学んでいる。恐喝は立派な犯罪だ。名門学校の教師である彼にとって、自分が恐喝者だとは絶対にばれてはならないものだった。もし、ここにある有名人の過去の秘密を書いた日記があり、それでその有名人をゆするとしたら、きみならどうする？」

「そうですね――」

浜野は考える目になった。

「おれなら、やっぱり匿名の手紙という手を使うでしょうね。しかも、ゆする材料である日記を持っているという証拠に、その箇所のコピーでも取って同封するでしょうね」

「なるほどな。高杉も同じようなことをしたのかもしれない。新谷可南はそんな恐喝の手紙を受け取ったと仮定してみよう。差出人の名前はない。しかし、そこには、ゆきえの日記の一部がコピーされていた。そこで、新谷はゆきえの日記を手掛かりに恐喝者の正体を知ろうとした」

「ゆきえ自身が恐喝者だとは思わなかったのでしょうかね」

「さあ、それはどうかな。ゆきえがまさか恐喝なんてするとは思わなかったのかもしれないし、あるいは、ゆきえの死をほのめかすようなことが、恐喝者の手紙に書いてあったのかもしれない。だとすると、死者の日記を読めるのは、その身内である可能性が高い。

新谷は、ゆきえが結婚したことと、養女の一人娘がいること、その養女が芙蓉女学院の高等部一年であること、ここまでは知っていたのかもしれない。しかし、ゆきえの結婚相手の名前も住所も分からなかった。彼女は、ラジオのＤＪという自分の仕事をうまく利用して、ゆきえの身内について知ろうとした。そこで、自分が知り得た三つのファクターをうまく織り込んで、あんなでたらめの手紙をでっちあげた。それを放送で流し、しかも、『少女Ａ』を探す振りをして、芙蓉女学院の教師をしているという同級生を使って、『少女Ａ』の条件にあてはまる生徒をピックアップする。そのリストの中にゆきえの嫁ぎ先があるというわけだ。この方法なら、興信所などに頼むよりも、簡単だし、ゆきえの身内を探す真の動機も隠せる――」

「真の動機って、まさか」

浜野がぎょっとしたように言った。

「もし新谷が黙って金を払うつもりなら、こんなことはしないだろう。恐喝者を探し出そうとしたのは、金を払うつもりではなく、その口を封じるためだったとしたら？」

「そ、それじゃ、高杉を殺したのは――」

「彼女ということになるな。同級生から三人の生徒のリストを手に入れた彼女は、片っ端から電話をいれた。そして、三人目で、ようやくゆきえの夫を探りあてたのだ。それが高杉だった。彼女は高杉と電話で取引をした。あとは、松野のときにたてた仮説をそのままあてはめることができる。『少女Ａ』の手紙も、最初から恐喝者をゆきえの夫とふんで、殺害する目的だったとすれば、たんに恐喝者の身元を洗い出すためでなく、そのあとで、新谷自身の動機を隠すカムフラージュになると考えたのかもしれない。つまり、あの手紙は一石二鳥の役目をもっていたというわけだ」

「それじゃ、彼女は、いずみが養父を強盗の仕業に見せ掛けて殺したように思わせるために――？」

「そこまで考えていたかもしれないな……」

諏訪は苦い表情で酒を口に含んだ。

「おれにはとても信じられませんよ。あの女がそんなことをしたなんて」

浜野は新谷可南の顔を思い浮かべながら呟《つぶや》いた。三十歳という年齢のわりには、若く見え、少女の面影をその細い身体や繊細な造りの顔に色濃く残した女の顔を。

「もちろん今話したのは、あまりにも想像の要素の多すぎる、大胆すぎる仮説だがな。ただ、こう考えると、新谷らしき女が、おれや松野や高杉の家にかけてきた電話の謎《なぞ》は解けるんだ」

「そうですね。となると、あとは彼女のアリバイの有無と、高杉を殺してまで隠さなければならなかった秘密さえ分かれば、今の仮説が机上の空論ではなくなってきますね」

「そうだな」

「そういえば、あの事件があったときには、北海道へ旅行していたと言ってませんでしたか、あの女」

ふと思い出したように、浜野は言った。

「言ってたな。もし、日曜の夜から北海道に行っていたとすれば、彼女にはアリバイがあるわけだが——」

「明日にでもさっそくあたってみましょう」

「それと、芙蓉女学院の同級生とかいう教師、なんと言ったっけ」

「脇坂とか言ってましたよ」

「その教師にもあたってみるか。高校時代の同級生なら、彼女の過去について何か知っているかもしれない」

5

翌日の月曜日、諏訪と浜野は、南青山の新谷可南のマンションを訪れたが、留守らしく、いくらインターホンを鳴らしても応答がなかった。

そこでしかたなく、目白の芙蓉女学院に足を向けて、新谷可南の同級生だという脇坂という教師に先に会うことにした。

高杉いずみや松野愛のときのように、教務課で脇坂を呼び出して貰うと、すぐに、焦げ茶のブレザーの袖《そで》に白墨の粉をつけた、三十年配の背の高い男が諏訪たちの前に現れた。

「脇坂先生ですね」

諏訪は警察手帳を見せてから、そうたずねた。

「そうですが——？」

脇坂は怪訝《けげん》そうな顔をした。

「少しうかがいたいことがあるのですが、今よろしいですか」

「はあ」

「聞くところによると、先生は新谷可南さんの高校時代の同級生だそうですね」

「そうです」

「郷里はどちらですか」

「長野の須坂《すざか》ですが……」

「ほう、須坂ですか」

「あの、それが何か？」

「同級生のよしみで、新谷さんから、ある匿名の手紙の件で、頼まれたことがあったそうですね」

「『少女A』の手紙ですね」

脇坂はああと納得した顔になって、そう聞き返した。

諏訪は頷いた。

「たしかに彼女から頼まれました。どうも不穏な内容の手紙をよこした女子高校生がうちの学校の生徒らしいと言って、手紙の内容にあてはまる生徒を調べてくれないかと頼まれたのです」

「それで、三人の生徒をリストアップしたのですね」

「ええ」

「そのとき、その生徒たちの住所と電話番号を新谷さんに教えましたか」

「ええ。メモにして渡しました。彼女が三人の生徒に連絡を取って会ってみたいと言ったので」

「そのメモを渡したのはいつです？」

「えーと、たしか先々週の土曜の夜です」

「高杉先生の事件があった前日ですね」

「そうですが」

「そのメモはどこで渡されました？」

「彼女のマンションです。十時頃、訪ねてきてくれと言うので、そのときに」

「十時って、夜の十時ですか」

「そうです」

「新谷さんのマンションを出られたのは何時頃でした？」

「十時半を少し回った頃でしたか。メモを渡して、ちょっと話をしてからすぐに帰ってきたのです。彼女が、翌日から北海道旅行へ出掛けるから、というので、あまり長居をしても悪いとおもったので――」

「翌日から北海道旅行に出掛けるとおっしゃったのですか」

「ええ。朝のフライトだからと」

「朝のフライト……」

諏訪はそうつぶやき、浜野と顔を見合わせた。

「あの、一体――」

脇坂が不審そうな顔でそうたずねようとすると、

「その旅行ですが、新谷さんはお一人で行かれたようでしたか」

諏訪はすかさずまた言った。

「さあ。一人ではなかったような感じでしたが」

「ところで、話は変わりますが、新谷さんがまだ郷里にいた頃、彼女のまわりで何か事件とか事故とか起こったことはありませんでしたか」

「事件とか事故？」

脇坂はぎょっとしたような顔をした。

「そうです。彼女の身内か友人で変死した人がいたとか、あるいは――」

諏訪はそう見当をつけて聞いてみた。

「そういうことはありませんでした。彼女のお母さんが亡くなったのは、昨年の暮れでしたし――ただ、事件といえば」

脇坂はそう言って、考えこむ目付きになった。

「事件といえば？」

諏訪は先を促した。

「彼女が高校一年の秋に、彼女の父親が女を作って家を出てしまったことくらいです。事件といえるかどうか分かりませんが、田舎では噂になっていました」

「父親が家を出た？」

諏訪の目が光った。

「それで、今、その父親は？」

「さあ。噂では、その相手の女性と東京で暮らしているらしいですが」

「父親は失踪してから、一度も田舎には帰ってこなかったんですか」

「らしいですね。彼女もあれ以来父親には会っていないそうです。先日も彼女にそのことを聞いてみたら、父親が家を出たときから、父親は死んだものと思うことにしたと言ってましたよ」

「死んだものと思うことにした……」

諏訪は何かひっかかるというようにつぶやいた。

「ねえ、刑事さん。高杉先生のことで調べてるんじゃないんですか。さっきから、新谷さんのことばかり聞いていますが」

脇坂はとうとう我慢しきれなくなったようにたずねた。

「ところで」

諏訪ははぐらかすように言った。

「新谷さんの口から、新谷ゆきえという人の名前を聞いたことはありませんか」

「新谷ゆきえ？」

脇坂ははっとした顔になった。

「あるんですか」

諏訪は重ねて聞いた。

「いえ、昔、そんな名前のラジオのDJがいたものですから、その人かなと」

「その人ですよ。ジャズ歌手で、ラジオの仕事もしていたそうですから。その人の名前を新谷さんから聞いたことは？」

「いや、べつに。でも、新谷ゆきえなら、ぼくらが高校生のとき、ミッドナイト・ジャパンのパーソナリティをしていたんですよ。うちの高校でもファンが多かったから、もしかしたら、彼女も――」

「なんでも新谷というペンネームはその新谷ゆきえさんの姓から取ったらしいんですがね？」

「え、そうなんですか」

脇坂は驚いたような顔をしたが、

「そうか。そういえば、彼女は新谷ゆきえのファンだったのかもしれませんね」

「ちなみに、新谷可南さんの本名はなんというのですか」

「益田可南子です」

「ますだ・かなこ——」

諏訪は懐から手帳を出した。

「利益の益にたんぼの田。可南子はそのままです」

「お父さんの名前は？」

「え」

「失踪されたというお父さんの名前です」

「あ、たしか、義三さんと言ったと思います。義理の義に三と書いて」

「いや、どうもありがとうございました」

手帳をとじると、諏訪は脇坂に向かって軽く頭をさげた。

「あの、刑事さん——」

何か問いたげな脇坂を残して、諏訪は浜野を促すと、さっさと芙蓉女学院をあとにした。

6

脇坂の胸には何か厭《いや》なしこりのようなものが澱《よど》んでいた。

あの刑事、なんで可南のことばかり聞いていったんだろう。

脇坂は学院の玄関ロビーの横手に設置されたピンク電話のところまで行くと、そこの電話を使って、可南のマンションに電話を入れた。

留守番電話になっていた。出掛けているらしい。あきらめて切ろうとしたとき、受話器がはずされたような音がした。

「はい――」

可南の声だった。少ししわがれたような声をしている。

「益田君？　脇坂だけど」

「ああ。何か？」

「留守かと思ったよ」

「ちょっと昨日、仕事で徹夜したもんだから、まだ寝てたのよ」

「さっき、刑事がきたよ。例の諏訪という刑事だ」

脇坂は受話器をきつく握り締めて言った。

「へえ。なにを調べにきたの」

「きみのことだよ」

「あたしのこと？」

「変なんだ。きみのことばかり聞くんだよ。郷里にいた頃のこととか。新谷ゆきえという人がきみの知りあいかとかさ」

「………」

電話の向こうがやけにしんとしていた。

「もしもし？」

脇坂は不安になって呼び掛けた。

「え、なに」

「聞いてるのか」

「聞いてるわよ」

「急に黙りこんだから」

「郷里のことって、何、聞かれたの」

「何か、きみの周りで事件か事故が起こらなかったかって」

「あのこと、話したの？」

可南の声がささやくように低くなった。

「お父さんのこと？」

「ええ。話した？」

「うん……」

「そう」

「悪かったかな」

「べつに、そんなことないけど」

「でも、どうして刑事はきみの過去をあんなに知りたがったんだろう」

「さあ」

「きみのところには来なかった？」

「そういえば、さっき、インターホンが何度か鳴ったみたいだけど、眠かったので出なかったのよ。あれがそうだったのかもしれない」

「それじゃ、また行くかもしれない」

「そう。べつに構わないわ。聞かれて困ることなんて何もないもの」

「そうだよな」

「わざわざ、教えてくれてありがとう」

「うん、じゃ」

脇坂は、可南の声を聞いて少し安心しながら、受話器を置いた。

7

諏訪と浜野は再び南青山のマンションまで来ると、ロビーに設置された集合型のインターホンを鳴らした。今度は応答があった。身分を名乗り、「うかがいたいことがある」と言うと、「どうぞ」と応える声がして、自動扉が開いた。

諏訪と浜野はそこを通って、エレベーターに乗ると、618号室の前まで行った。そこで再びインターホンを鳴らす。ややあって、ガチャリと施錠を解く音がして、ドアが開かれたかと思うと、新谷可南が顔を出した。化粧はしていなかった。

「どうもたびたび恐縮です」

　諏訪は微笑《ほほえ》みながら言った。

「どうぞ」というように、可南はさほど迷惑そうな顔もせずに、諏訪たちを中に通した。

　彼女は膝《ひざ》まであるざっくりとした生なりのセーターに、色の抜けたブルージーンズをはいていた。

　セーターには猫の毛らしきものがついていた。

「高杉先生を殺した犯人の目星はついたんですか」

　可南はリビングのソファに座りながら、そうたずねた。

「いや、それがまだ――」

　諏訪もソファに座って言った。

「あの松野という医者が犯人じゃないんですか」

「え」

「いえ、ちょっと、そんな話を小耳にはさんだもので。なんでもひき逃げをして高杉先生にゆすられていたとか」

「どなたからそれを？」

諏訪が鋭い目でたずねた。

「高校の同級生です。ほら、芙蓉女学院で教師をしていると前に言った――」

可南はにっこり笑った。

「松野さんが逮捕されたのは、あくまでも別の事件でですよ」

諏訪は慎重な口調で言った。

「なんだ。そうなんですか。で、あたしに聞きたいことって何でしょうか」

「新谷ゆきえさんという女性をご存じですか」

諏訪はいきなりそう言った。

「新谷ゆきえさん？」

ふいをついたつもりだったが、可南の顔にはさほど驚いた様子はなかった。

「あの新谷ゆきえさんのことかしら」

頰に軽く左手をあて、考えるような顔をした。その左手を何気なく見た諏訪は、おやと思った。

新谷可南の左手の薬指にはダイヤらしき指環が光っている。この前会ったときにはなかったものだ。

「ジャズ歌手をしていた新谷さんのことですか」

可南は微笑みながら言った。諏訪は内心拍子抜けしていた。可南がてっきりゆきえを知らないと答えるとばかり思っていたからだ。

「そうです。その新谷さんです。ご存じですか」

「ええ。あたし、彼女のファンでしたから。あたしが高校生のとき、あの人はラジオのＤＪをしていたんです」

「奇《く》しくも、あなたが今やっているミッドナイト・ジャパンのパーソナリティだったそうですね」

「そうなんです。しかも、あたしと同じ木曜日の」

可南はなつかしそうに言った。

「本当いうと、新谷というペンネームも、あの新谷さんから採ったんですよ」

「その新谷ゆきえさんですが、お会いになったことがありますか」

「ええ。一度、いえ、二度だったかしら」

可南は思い出すような目をした。

「一度は郷里にいた頃です。まだ高校生でした。あたし、彼女にファンレターを書いたんです。そうしたら、たまたま仕事で近くまで来たからって、会ってくれたんです」

「たしか、郷里は長野県の須坂でしたね？」

諏訪が言った。

「そうです。よくご存じですね」

可南はすっと目を細めた。

「さきほど、芙蓉女学院に寄って、脇坂先生にお会いしてきたもんですから、そのときに」

「そうなんですか……」

「二度目はいつお会いになったんです」

「あれは、今から三、四年前だったでしょうか。偶然、銀座の三越デパートで会ったんです。なんでも娘さんの入学祝いの買い物にきたとかで。ほんの数分、立ち話をしただけでしたが」

「その後は？」

「いいえ」

可南は首を振った。

「なくなったのはご存じですか」

「なくなったって、ゆきえさんがですか」

可南は驚いたような顔になった。

「ご存じなかったんですか」

「ええ。ちっとも」

「実は、殺された高杉先生の奥さんだったんですよ」

「えっ」

可南の目が大きく見開かれた。

「ゆきえさんがですか」

「そうです。それもご存じなかった？」

「知りません。結婚されたことは、その三越で会ったときに、ちらと聞きましたけれど、ご主人の名前までは聞いていなかったので――」

「それは妙ですね」

「妙ともうしますと？」

可南の目が光った。

「十月十五日の夜、高杉先生のおたくに電話をかけたのはあなたではないのですか」

「電話？」

「夜の十一時すぎです。ちょうど脇坂先生が帰られたあとですよ」

「………」

可南の顔色が変わっていた。

「娘さんが出たはずです。あなたは、『ユキエさんはおられますか』と聞いたそうですね。そして、そのあと、高杉先生と話をされたとか」

「一体何を言ってるんですか。電話などかけていませんよ。それは何かの間違いです」

可南の顔が僅かに強張っていた。

「そうですか。高杉いずみさんはあなたの声だったと言ってるのですがね。あなたの声はラジオを通して聴いていたらしいですから」

「あ、あたしじゃありません。それはいずみさんの勘違いです。それとも、その電話の主はあたしだと名乗ったのですか」

　可南はやや挑戦的な声音で言った。

「いや、ただ声があなたに非常によく似ていたというだけで」

「それなら、きっとあたしに似た声の別人です」

「電話をかけたのはあなたではないんですね」

「違います」

「ところで、十六日の日曜日は朝から北海道の方にいらしたとか？」

「いえ――」

　可南は口ごもった。

「違うんですか。脇坂先生の話ではそういうことでしたが」

「ええ、たしかに、北海道へは日曜日の朝のフライトで行くはずだったんです。脇坂君にはそう言いました。ところが、土曜日までに仕上げてファックスしておかなければならなかった原稿があがらなかったので、しかたなく、北海道行きは一日延ばしたんです」

「ということは、実際に、北海道に出かけたのは、月曜だったのですか」

「ええ……」

「月曜の何時のフライトですか」

「朝の八時五十五分羽田発のフライトです」

「それにはお一人で?」

「ええ、まあ。本当は前日に友人と一緒に行くはずでしたが、そんなわけで、友人には予定どおり先に行って貰い、あたしは原稿をあげたあとで出掛けたのです」

「つまり、日曜日は東京にいたわけですね」

諏訪は念を押すように言った。

「ええ。一日中この部屋で原稿を書いていました」

「夜もですか」

「そうです」

「ここにはお一人でお住まいのようですね」

「ええ」

「ここで原稿を書いていたことを証明してくれる人はどなたか――」

諏訪がそう言いかけると、可南の目がきらりと光った。

「ねえ、刑事さん。まるでアリバイを聞かれているような気がしますけれど」

「そういうわけではないのですが、何事も疑ってかかるのが我々の仕事なもんですから」

「あたしも容疑者の一人ってわけですか」

「いや……」

「まあ、いいわ。べつに隠し立てする必要もありませんから」

　可南は気を取り直したように笑顔になると、

「残念ながら、あたしがここで原稿を書いていたことを証明してくれる人はいません。どうあっても月曜の朝までには仕上げてファックスしなければならなかったので、邪魔が入らないように電話は鳴らないようにしてありましたし、インターホンが鳴っても出ませんでしたから」

　諏訪の目を見ながら言った。

「そのおかげで、零時頃には原稿があがったので、出版社にファックスしました。もしお疑いでしたら、出版社の人に聞いてみたらいかがですか。ファックス用紙には、送った時刻が記録されているはずですから、その時刻にはあたしがここにいたという証拠にはならないかしら」

「なるほど。で、その出版社というのは？」

諏訪は懐から手帳を取り出しながらたずねた。可南は出版社の名前を言った。諏訪も知っている大手出版社だった。

「そこの編集部の中根《なかね》という人が担当ですから」

「わかりました。ところで、ファックスで思い出したんですが、新谷さんはワープロをお持ちですよね」

さりげない声で諏訪は言った。

「ええ、もちろんです。商売道具ですから」

「機種は何をお使いですか」

「それが何か？」

「いえ、ちょっと」

「何を疑っているのかは知りませんが、仕事場、ご覧になります？」

可南はそう言うと、ソファから立ち上がった。すたすたと奥の部屋に行くと、そこのドアを開け、諏訪たちを中に入れた。

広々とした洋室だった。

諏訪はデスクの上のワープロを見た。機種は、あの『少女A』の手紙を書いたものとは明らかに違う。

「ワープロはこれ一台ですか」

「ええ、そうです」

戸口のところで、腕組みをして、冷ややかな目で刑事たちを見ていた可南がそう答えた。

「原稿を送ったのは、このファクシミリですか」

諏訪はサイドデスクの上のファクシミリを見ながら言った。

「ええ」

「ほう、これはタイマーがついたやつですね。その場に人がいなくても、原稿を前以《まえもっ》てセットしておけば、自動的に原稿を送ることができる――」

ちらと可南の方を見ながらそう言うと、可南は無表情で諏訪を見返していた。

「いや、どうも失礼しました」

諏訪は仕事場を出てくると、

「しかし、立派なマンションですねえ」

とあたりを感心したように見回した。

「3LDKですか」

「まあ、そんなものです」

「ここにお一人でお住まいとは。なんだかもったいないようですねえ」

「仕事場を兼ねていますから、広すぎるということはありません」

「ご家族は郷里の方に？」

「ええ、母がいましたが、昨年なくなりました」

「他には？」

「きょうだいはいませんし――」

可南の顔が気のせいか青ざめているように見えた。

「お父さんは？」

「父は――」

そう言って、何かを思案するように、諏訪の顔を見詰めていたが、

「あたしが高一のときに、うちを出たきりで、どこにいるのかさえ知りません」

つめたい声でそう言った。

「うちを出た？」

諏訪は驚いてみせた。

「それはまたどうして？」

「よくある話です」

可南は肩を竦《すく》ませた。

「女を作って家庭を捨てたんです」

「それ以来、お父さんとは？」

「会っていません。そういえば、一度便りがきましたが、母が破って捨ててしまいました。東京からだったそうです。女と暮らしていてもう自分のことは死んだものと思ってほしいというような内容だったそうです。それで、そうすることにしたんです。あたしも母も」

「お父さんは死んだものだと？」

諏訪がそう聞き返すと、可南の目に暗いものが走った。

「ええ。それからは、母と二人きりで生きてきたんです。母は看護婦をしながら、あたしを大学にまでやってくれました」

「それはご苦労されたんですね。大学はこちらだったんですか」

「そうです」

「その頃からこちらに？」

「ええ」

「お母さんは一緒に上京されなかったのですか」

「母には病院の仕事がありましたし、都会暮らしは性に合わないからと言って郷里に残ったんです」

「そのお母さんがなくなって、家なども処分されて？」

「あ、いえ。家は借家でしたから――」

諏訪はおやと思った。実家のことに触れたとき、可南の顔色が目に見えて変わったからだ。声にも動揺のようなものが現れていた。

何かある。直感的に諏訪はそう思った。

8

「彼女にはアリバイがありませんでしたね」

新谷可南のマンションを出ると、浜野が待ち兼ねたようにそう言った。

「うむ。日曜は一日中部屋にこもって原稿を書いていたというのも怪しいな」

「それに、零時頃に原稿をファックスで送ったというのだって、タイマーつきのファックスだったら、その場にいなくても送れますからね、あれじゃ、アリバイの証明にはなりませんよ」

「ただ、使っているワープロの機種が違っていたな」

「でも、作家なら、ワープロくらい他にも持っているかもしれませんしね」

「とりあえず、この出版社の編集部にあたってみるか」

「角山書店なら、たしか本郷でしたね」

浜野は車に乗り込むと、エンジンキーを回しながらそうつぶやいた。

9

「ええ、たしかにあの日、零時ちょっと過ぎ頃に、新谷先生からの原稿はファックスで届きました」

角山書店の編集部を訪ねてみると、新谷可南の担当だという、中根という若い女性編集者はすぐにそう答えた。

雑誌の校了が迫っていたので、その日は、編集部に泊まり込みだったのだという。

「その原稿は本当は土曜日にあげるはずだったというのは本当ですか」

諏訪は中根にたずねた。

「本当です。でも、土曜の夜になって、まだできていないという電話を貰って、しかたなく締め切りを一日延ばしたんです。ただ、原稿を受け取って、ざっと見たら、どうも一枚足りないみたいだったんです。原稿にふったナンバーが一枚飛んでいるところがあったんで、折り返し、新谷先生のところに電話をいれたんですよ」

「彼女は電話に出ましたか」

諏訪は身を乗り出した。

「いいえ、出ませんでした」

「出なかった？」

「ええ。何度電話しても出られないので、こちらもファックスで原稿が一枚足りないことを知らせておいたら、月曜日の朝になって、やっと足りない原稿がファックスで届いたんです。あとで聞いたら、原稿を書く間、電話の呼び出し音をオフにしておいたのが、それを忘れて、寝てしまったんだそうで」

諏訪と浜野は顔を見合わせた。やはり、新谷可南は日曜の夜、部屋にいなかった公算が高い。

「ところで、新谷さんはワープロを使っていますね」

「ええ」

「今使っている機種の他に、もう一台ワープロを持っているんじゃありませんか」

「持ってるはずですよ」

女性編集者はあっさり答えた。

「持ってるんですか」

「今のは一年ほど前に買い替えたものじゃないかしら。こちらの方が性能がいいからって、あたしがすすめたんですよ」

「それまで使っていたワープロの機種が分かりますか」

「えーと、どこかにメモってあったと思うけど」

中根はそう言って、自分の机の上を探していたが、やがて手帳らしきものを取り出すと、それをペラペラめくって、

「あ、ありました」

そう言って、新谷可南が一年前まで使っていたというワープロの機種を言った。

それは、『少女A』の手紙を書いたワープロの機種と同じものだった。

諏訪は確信を持った。あの手紙を書き、高杉久雄を殺したのは、新谷可南にほぼ間違いない。

「中根さんは、新谷さんとはプライベートでもお付き合いがありますか」

諏訪はふと思い付いて聞いてみた。

「ええまあ。実は、あたし、あの先生の大学の後輩にあたるんです。そのせいで、ずいぶん可愛《かわい》がってもらっています」

「最近、新谷さんはどなたかと婚約されたようですね」

諏訪は可南の薬指にはまっていた指環を思い出しながら言った。

「えっ。じゃ、あれ、やっぱり噂《うわさ》だけじゃなかったのかしら」

中根は驚いたように言った。

「噂というと?」

「南武グループの若社長と付き合っているという噂です。週刊誌なんかにも取り上げられたことがあったんですよ」

「南武グループって、ホテルとかデパートとか手広くやっている、あの南武グループですか?」

たしかつい最近、社長が会長に退いて、弱冠三十五歳の長男が社長の椅子についたと聞いていた。

「そうです。あそこの若社長の下の妹さんが新谷先生のファンとかで、ファンレターをくれたのがきっかけだったらしいんです。でも、その件に関しては、先生はすごく慎重で、付き合っているのは本当だけれど、友達に毛が生えた程度で、あそこの若社長と結婚なんてありえない、そんなのは夢のまた夢よって笑ってはぐらかしていたんですけどね」

「臭いますね。プンプン臭ってきましたよ」

角山書店を出ると、浜野がすぐに言った。

「動機も見当がついてきたな。あの編集者の言う通り、新谷可南と南武グループの若社長との間で、結婚話が出ていたとしたら、当然、新谷は自分の身辺には神経質になっていたはずだ」

「あそこの若社長なら、玉の輿《こし》もいいとこですからね」

「もし、その玉の輿に乗るのに差し障りがあるような、うしろ暗い過去が彼女にあったとしたら、それを必死で隠そうとしただろうな」

諏訪が言った。

「逆にいえば、それが高杉の恐喝の材料になったとも考えられますね。さっき、あの編集者が言ってましたよね。若社長との仲が週刊誌にも載ったって。もし、高杉がそれを読んだとしたらどうでしょう。新谷可南は売れっ子の少女小説家で、しかも、あの南武グループの御曹司《おんぞうし》との結婚が噂されている。その彼女に、何か人には言えない秘密があるのを嗅《か》ぎ付けたとしたら、一度恐喝の味をしめた高杉が黙って見逃したとは思えませんね」

「ようは、高杉が嗅ぎ付けたものは何か――」

諏訪が唸《うな》るように言った。

「さっき、田舎の実家のことに触れただけで、新谷は顔色を変えた。秘密を解く鍵は彼女の郷里にあるのかもしれないな」

「長野の須坂でしたね」

浜野が心得顔で頷いた。

10

電話が鳴った。

ソファにボンヤリと座っていた可南はビクッと肩を震わせて、鳴り続ける電話を見詰めた。

ようやく立ち上がると、受話器を取って耳にあてる。

「新谷ですが」

「先生？　あたしです」

弾んだ声がした。角山書店の中根聖子《せいこ》だった。

「聞きましたよ。もう水くさいったらありゃしない。どうして教えてくれなかったんですか」

中根が受話器の向こうでキャンキャンとわめいた。

「何のこと？」

「辻井さんのことですよ。婚約されたそうじゃないですかっ」

「誰から聞いたの？」

可南は思わず高い声を出した。

「さっき、来た刑事から――」

あの刑事、やはりここを出た足で角山書店を訪ねたらしい。それにしても、辻井との婚約をどうしてあの刑事が？

「刑事がそう言ったの？」

「ええ。先生が婚約されたみたいですねって言うから、あたし、てっきり、あの若社長かと思って、それで」

少しうろたえたような中根の声。

「刑事に辻井さんのことしゃべったの」

「ええ。あの、違うんですか……？」

「婚約したのは本当だけど」

「えっ。やっぱり、本当なんですか。おめでとうございますっ」

中根がはしゃいだ声で何かしゃべっていたが、可南は聞いていなかった。受話器を右手に持ちながら、左手を見詰めていた。

この指環だ。あの刑事はこの指環を見て、あたしが誰かと婚約したと察しをつけたのだ。

可南は唇をかんだ。あのとき、玄関のチャイムが鳴ったとき、やはりこの指環ははずしておけばよかった。それが、ささやかな見栄に負けて、つけたまま出てしまった。あの中年刑事は本当に油断がならない。見ないような顔をして、ちゃんと見ていたのだ。

でも、べつに心配する必要はない。いずれ、辻井秀之とのことは、あの刑事の耳にもはいっただろうし、それが少し早まっただけではないか。

ただ、あの刑事は、あたしが思っていたよりも、事件の真相を適確につかみかけている。さりげない振りをしてワープロのことを聞いたのは、『少女A』からの手紙を書いたのはあたしではないかと疑っているからではないだろうか――

「だけど、どうして先生について刑事があんなに聞いていったんでしょうかね」

中根の声がまた可南の耳に飛び込んできた。

「先生がもう一台、ワープロを持ってるんじゃないかなんて聞きましたよ」

「あなた、まさか」

可南は思わず大声を出した。

「前に使っていたワープロのことを刑事に――」

「話しましたよ。機種を聞かれたから」

「…………」

迂闊《うかつ》だった。もう一台のワープロのことは誰にも気付かれないとたかをくくっていたが、中根聖子なら知っているではないか。それを忘れていた。

「あの、先生?」

おそるおそるという感じの声がした。

「話したらまずかったんでしょうか」

「べ、べつに、そんなことないけど」

可南は無理やり笑った。

だいじょうぶだ。そんなにびくつくことはない。たとえ、前に使っていたワープロの機種が、あの『少女A』の手紙を書くのに使われたものと同じだったと分かったとしても、それが決定的な証拠になるわけではない。偶然の一致で済ませてしまえばいい。

中根聖子からの電話を殆《ほとん》ど上の空で切ったあと、可南はストンとソファに腰を落とした。

あの刑事はあたしを疑っている。

あの刑事があたしを疑うきっかけになったのは、この声だ。

電話で少し話すだけなら気付かれないと思ったのに、高杉いずみはあたしの声をおぼえていた。しかも、よりにもよって、あの刑事自身にもこの声を聞かれてしまったなんて。まさか、諏訪順子の養父があの刑事だったなんて。

短い会話だったから、あの刑事にもあれがあたしの声だったかどうかは確信がないのだろう。たとえ、確信があったとしても、世の中には似た声などはいくらでもある。これだって、知らぬ存ぜぬで押しとおしてしまえばいい。

万が一のことを思って、脇坂が帰ったあと、三人の生徒の家に電話をかけるとき、部屋の電話を使わずに、外に出て公衆電話を使ったのは正解だった。公衆電話だったら通話記録が残らないから証拠にはならない。

高杉久雄から手にいれたゆきえの日記はすべて処分してしまった。むろん、高杉久雄から来た匿名の脅迫状も。どこで調べたのか、このマンションあてに届いた脅迫状には、あのことに触れたゆきえの日記のコピーと、「妻の日記を五百万で買い取って欲しい」と書かれた手紙が入っていた。

最初、これはゆきえ自身が書いたものではないかと可南は疑った。でも、あのゆきえがそんなことをするはずがない。それに手紙には「妻の日記」とあった。これを出したのは、ゆきえの夫だ、と思い直した。でも、ゆきえが生きていたら、夫といえども、みだりに妻の日記を読めるはずがない。もしかしたら、ゆきえはなくなったのではないか。だから、ゆきえの夫が遺品である妻の日記をたやすく読むことができたのだ。そして、その日記の中に、ある女をゆする材料を見付けた――

可南はそう思った。脅迫状には、金は架空名義らしい銀行口座に振り込むように指示されていたが、可南は、この男を探し出そうと決めた。あの頃、辻井秀之の家の者が雇ったらしい興信所が可南の身辺を調べているらしいことを薄々気が付いていた。

なんとかしなければならない。可南は思い詰めていた。辻井との結婚を半ばあきらめながら、それでも、僅かに残った可能性に賭《か》けようとしていた。

でも、どうやって、ゆきえの夫らしき男を探し出したらいいのだろう。探偵社にでも頼もうか、と思い悩んでいたとき、ふとひらめいたことがあった。

それは、『少女A』の手紙を捏造《ねつぞう》するというアイデアだった。

そう思いついたきっかけは、三、四年前に偶然、東京で再会したゆきえとの短い会話にあった。

あれは銀座の三越デパートの中だった。女性用トイレから出てきたところを、外で人待ち顔で立っていた、新谷ゆきえとばったり出会ってしまったのだ。十年ぶりの再会だった。新谷ゆきえは変わっていた。芸能人らしいところは全くなくなって、どこにでもいるような平凡な主婦という感じになっていた。可南はそれがゆきえだとは気付かず、通り過ぎるところだった。

声をかけてきたのはゆきえの方だった。彼女の方も、「益田さん?」と思わず声はかけたものの、人違いかもしれないというような、自信のなさそうな顔をしていた。流行の最先端を行くようなファッショナブルな恰好《かっこう》をした垢抜《あかぬ》けた女が、三つ編みを肩にたらして、アイロンのあてすぎでテカテカ光るセーラー服を重そうに着ていたあの少女だとはすぐに分からなかったようだった。

それでも、お互いを確認しあったあと、ほんのつかの間だったが、ゆきえと話をした。

「いつ東京に出てきたの?」

ゆきえはなつかしそうな顔で言った。

「高校を卒業してすぐ。大学が東京だったものですから」

「そうだったの。今、何してるの」

「少女小説書いてるんですよ。新谷可南ってペンネームで」

「新谷?」

「ペンネーム考えるとき、なぜか新谷さんのことが頭に浮かんで、それで」

「そう」

ゆきえは嬉《うれ》しそうな顔をした。

「うちの娘もあなたの小説読んでるかもしれないわね」

「結婚されたんですか」

「喉《のど》にポリープできちゃってね、それで歌手は廃業。しばらく実家の世話になっていたんだけど、見合いで今の主人と」

「そうだったんですか。それで、お子さんは？」

「一人だけ。なかなか子供できなくてね、主人と二人じゃ寂しいし、それで養女貰ったのよ」

そう言って、ゆきえはちょっと妙な表情をした。目の前の女の過去をふいに思い出した、そんな表情だった。

その顔を見たとき、可南は、あれほど憧《あこが》れていた新谷ゆきえに再会したなつかしさよりも、なぜか、早くこの中年女の前から遠ざかりたいという衝動に駆られた。

この人はあたしの過去を知っている。そう思うと、目の前でなつかしそうに目を細めている平凡そうな中年女をうとましいと思った。

「娘がね、芙蓉女学院の中等部に合格したもんだから、そのお祝いに、何か買ってあげようと思って来たのよ」

ゆきえは名門の女子校に入った養女のことをさりげなく自慢した。

「それはおめでとうございます」

可南はおざなりにそう言った。そのとき、ゆきえの娘らしい女の子がトイレから出てきた。それを機に、可南は、「ちょっと先を急いでいるので」と言い残して、そそくさとゆきえの前から姿を消したのだ。

可南はこのときの会話を思い出した。あのとき、芙蓉女学院の中等部に合格した女の子は、今では高等部の一年になっているはずだ。芙蓉女学院は短大までエスカレーター式に行く生徒が八割を占めているそうだから、ゆきえの養女もおそらくそのまま高等部にすすんだだろう。

しかも、ゆきえは、「主人と二人暮らしでは寂しいから養女を貰った」と言った。親子三人暮らしなのだ。そして、おそらく、ゆきえは亡くなっている。

可南はこれだけの情報から、『少女A』の手紙を作りあげた。同級生の千田という男から、高一のときに同じクラスだった脇坂が、芙蓉女学院の教師をしていると聞いていたことも、こんなアイデアを思いつくきっかけの一つになっていたのかもしれない。

そして、自分で書いた『少女Ａ』の手紙を自分の担当する番組あてに送った。自分自身がそれを取り上げ、読むために。もうこのとき、脅迫者を見付け出したら、金を払う振りをして、永遠に口封じをする決心をかためていた——

それにしても、あの諏訪という刑事、どこまで分かっているのだろう。一見、もの静かそうだが、あの中年刑事には怖いところがある。けっして侮れないという直感が可南にはしていた。

可南はソファに腰をおろしたまま、たてつづけに煙草をふかした。

しかし、恐れることはない。何も証拠は残してないのだから。高杉から渡されたゆきえの日記はすべて燃やしてしまったし、『少女Ａ』の手紙を書くのに使ったワープロはわざと壊して処分してしまった。

堂々としていればいい。刑事が何を嗅ぎ付けてきたとしても、決定的な証拠は何もないのだから。

あれさえ、見付からなければ。

可南は煙草を狂ったようにふかし続けながら、暗い目で一点を見詰めた。

少女

少女は駅前の喫茶店に入ると、その女を探した。すぐに見付かった。道路に面した奥まった席に彼女はいた。茶のグラデーションのついた大きなサングラスをかけ、ジーンズの上下を着ていた。

脚を組んで、煙草をふかしながら、窓の外を眺めている。このへんの人とは違う、都会の雰囲気があった。

「あの、新谷ゆきえさんですか」

少女は女に近付くと、おどおどした声で言った。憧れとある脅えで声が震えていた。

「益田さん？　益田可南子さんね」

女はサングラスを少しずらすようにして、少女を見た。

少女はアイロンのかけすぎでテカテカに光っている、紺のセーラー服姿の自分を恥じた。この東京から来た垢抜《あかぬ》けた人には、自分はさぞ野暮ったい田舎の高校生に見えるだろうと思うと、女と向き合って座りながら、身を縮めたくなった。

「手紙、読んだわ」

女はサングラスをはずすと、それを白いTシャツの胸にひっかけ、少女に向かってかすかに笑いかけた。

少女は上目遣いで女を見ながらたずねた。

「それで、わざわざ——?」

「というわけじゃないんだけれど。巡業の仕事で長野に来たもんだから、あなたのことを思い出してね」

女は右手の小指で唇の下を掻《か》きながらそう言った。小指の爪《つめ》には、唇と同じ色の真っ赤なマニキュアが塗られていた。

少女はこっそり膝《ひざ》の上に置いた自分の爪を見た。深く切り過ぎた不恰好《ぶかっこう》な爪がそこにあった。いつか、あたしも爪をのばして、彼女のように赤いマニキュアを塗ろう。少女はなぜかそう決心していた。

「手紙に書いてあったこと、本当なの」

女は眉《まゆ》をしかめてたずねた。

少女はこくんと頷いた。

「お母さんは知らないのね」

女は重ねてたずねた。

少女は今度は曖昧《あいまい》に浅く頷いた。養母《はは》は知っている。もう知ってしまった。でも、それを彼女に話すわけにはいかない。あれは、あたしと養母だけの秘密になった。誰にも打ち明けるわけにはいかない。

「つらいでしょうけど、お母さんに話した方がいいと思うわ。もし、あなた一人で言いにくければ、あたしの口からお母さんに話してあげる」

女は心配そうな顔で言った。

少女は俯《うつむ》いたまま、黙っていた。

「だって、こんなこと、お母さんに隠れて続けているわけにいかないでしょう? あなただって、手紙に書いてきたじゃないの。こんなことをしていたら、そのうち自殺するか、お養父《とう》さんを殺してしまうかもしれないって」

女は周囲に聞こえないように声を低めた。

「もういいんです」

少女は俯いていた顔を昂然《こうぜん》とあげた。

「もういいって？」

女は驚いたように言った。

「もういいんです。解決したんです」

少女はにっこりと笑った。無理に笑ったのではなく、自然に口もとがほころびたとでもいうような笑い方だった。

「どういうことなの、それは」

「養父《ちち》がいなくなっちゃったんです」

「いなくなった？」

「女の人を作って家を出てしまったんです」

「いつ？」

「もう一週間になります」

「本当なの、それ？」

女はあぜんとした顔をしていた。

「本当です。養父から手紙が来ました。今、東京にいて、女の人と暮らしているって」

少女はすらすらと嘘をついた。人から養父さんのことを聞かれたらそう言いなさいと、養母から教えられた通りに。

「東京のどこ？」

女の目に猜疑《さいぎ》の色が漂っていた。少女は少し不安になった。彼女はあたしの話を信じていないのだろうか。

「住所は書いてありませんでした。もうあたしたちの所に帰る気はないので、自分のことは忘れて欲しいって、そう書いてありました」

「…………」

女は黙っていた。黙って、少女の顔をじっと見詰めていた。

「名前、なんていうの」

ふいにそうたずねた。

「え」

「お養父さんの名前よ」

「益田——」

少女はためらいながら言った。

「義三」

「どんな字、よしぞうって」

「義理の義に、三って書いて」

少女はおずおずと答えた。どうして、彼女は養父の名前なんか聞くのだろうと思いながら。

「だから、もういいんです。養父がいなくなったんだから、もうあのことは解決したんです」

少女はもう一度言った。だから、あなたもあの手紙のことは忘れてください。

言いながら、少女は窓の外を見た。深まりゆく秋の空が窓いっぱいに広がっていた。悲しいほど澄みきった真っ青な空が、どこまでもどこまでも。

あの空のむこうに、この人が住んでいる街がある。あたしが憧れ続けた街がある。いつか、あたしはそこへ行くんだ……。

少女はふとそう思った。

第六章　マイ・ブルー・ヘヴン

1

十月二十五日、火曜日。

諏訪重良は特急あさま9号の窓際に肘《ひじ》をつき、ボンヤリと車窓の風景を眺めていた。軽井沢に近付いたあたりから、窓の外の景色が、俄《にわ》かに信州らしさを帯びてきた。

朝から降り続く秋雨に煙る山々。鉛色の空を低く飛ぶ鳥の群れ……。

深まりゆく秋の田園風景は寝不足ぎみの目に心地よかった。

「長野に着くのは何時だ」

隣の座席で時刻表と首っぴきになっている浜野にたずねた。

「十二時五十分ですね」

顔をあげて浜野が答えた。

「あと一時間ちょっとか」

諏訪は腕時計を見ながらつぶやいた。

軽井沢に着くと、後ろの方でざわめいていた中年女性の団体客がわあわあ言いながら降りて行き、車内は急に静かになった。

そのせいか、諏訪は眠気を催し、車窓にもたれてうとうとした。

うとうとしたと思っていたが、けっこうぐっすり眠っていたらしい。肩を揺すぶられて、はっと目を覚ますと、既に終点の長野に着いていた。

浜野が立ち上がって、フックに掛けていたブルゾンを羽織っていた。乗客がぞろぞろと出口に向かって通路を歩いて行く。

諏訪は大きくあくびをした。

「やっぱ、空気が違いますね」

長野駅のプラットホームにおりたつと、浜野がブルゾンの襟を搔《か》き寄せるような仕草をした。

いつのまにか雨はあがって、薄日が射していたが、やはり東京に較べると、大気が冷えこんでいる。

諏訪は軽く身震いした。

駅前のそば屋で昼食代わりのそばを啜《すす》ると、諏訪たちは地下にある長野電鉄乗場に行った。

ここから、須坂まで電鉄を利用すれば、二十分足らずで行ける。

鄙《ひな》びた電車は諏訪たちを乗せるとガタゴトと走り出した。手をのばせば届きそうなところにりんごの木が植えられていた。りんごは赤く色づいたものも多いが、まだ青いのも混じっている。

車内の人々も、りんごのようなほっぺたをした地元の人が殆《ほとん》どだった。諏訪たちが座った四人掛けの席には、孫らしき幼児を連れた老女がいて、すっかり雨もあがって、のどかな秋の陽が射しこんでいる窓際で、うつらうつらと舟を漕いでいた。

やがて、電車は須坂に着いた。

須坂は蔵の町である。新谷可南の実家のある住所にたどり着くまでに、諏訪は三階建ての繭蔵や、崩れかけた白壁の土蔵を幾つも目にした。

新谷可南の実家は木造の二階家だった。玄関には「益田」と書かれた表札がまだ出ており、窓にはカーテンもついていた。人の住んでいる気配がある。

玄関の郵便受けには、雨ざらしになったちらしのようなものが突っ込まれたままになっており、低い垣根ごしに見える庭の植木は殆どが枯れていた。

「誰か住んでいるようですね」

浜野があたりを見回しながら、そう言った。

「妙だな。新谷の母親がなくなったのは、去年の暮れだったというから、今は誰も住んでいないはずだが」

諏訪はそう言いながら、中に入ると、玄関のチャイムを鳴らした。チャイムの鳴り響く音はするが、何度鳴らしても人の出てくる気配はなかった。

「たしか借家とか言ってましたよね」

浜野が言った。

「だったら、母親が亡くなったときに引き払ったはずですよね。新谷には東京にマンションがあるんだから。あとで誰か入ったのかな」

「だったら、表札が変わっているはずだ」

「それもそうですね。どういうことなんだろう」

浜野が不審そうに首をかしげたとき、

「あの、何か?」

と背後から声をかけられた。

振り向くと、手提げ袋をさげた、主婦風の女性がうさんくさそうな目付きで諏訪たちを見ていた。

「こちらの方ですか」

諏訪はその女性にたずねた。

「いいえ、近所の者ですけれど」

女性はそう答えた。

「こちらには益田さんという方が住んでいると聞いてきたんですが」

そう言うと、

「益田さんなら、昨年なくなりましたよ」

「しかし、どなたか住んでいるようですね」

「益田さんの娘さんがまだ借りてるんですよ」

「まだ借りている?」

諏訪は不思議に思ってたずねた。新谷可南の母親が死んだのはたしか去年の暮れだと聞いた。それから一年近くなるというのに、誰も住んでいないこの家を可南はなぜまだ借りているのだろう。

「あの、あなたがた、益田さんのお知り合いか何かですか」

女性はじろりと諏訪たちを眺めた。

「ええまあ。ここは借家だと聞きましたが、大家さんはどちらに？」

「ここの大家さんなら、この通りをまっすぐ行って——」

と、大家の住居を教えると、その女性は、もう一度じろりと諏訪たちを見てから通り過ぎて行った。

「大家のところへ行ってみるか」

諏訪は浜野を促して、その家をあとにした。

さっきの女性に教えられた通りに行くと、木谷《きたに》醸造と書かれた看板が目に入った。木谷というのが大家らしい。時代を感じさせる古のれんをくぐって、薄暗い店先で声をかけると、返事があって、奥から四十年配の女性が出てきた。

「店子の益田さんのことで少しうかがいたいのですが」

諏訪はそう言って、警察手帳を見せた。

大家らしき女性はややたじろいだ顔になると、「申し訳ありませんが、裏に回っていただけませんか。ここは店先なので」と済まなさそうに言った。

諏訪は頷くと浜野とともに裏に回った。

店の裏手は広い敷地になっていて、みそ蔵らしき白壁の土蔵が幾つも並んでいた。

勝手口から、さきほどの女性が出てきた。

「益田さんのことと申しますと？」

「益田さんは昨年の暮れ、亡くなったそうですね」

「ええ」

「ご病気ですか」

「心不全だそうです。お風呂場で倒れられて、そのまま」

「一人暮らしだったんですか」

「そうなんです。娘さんが一人おられたんですけれど、東京に出ていて」

「今、ちょっと近所の人に聞いたのですが、あの家はまだ娘さんが借りているそうですね」

「ええ、そうなんですよ」

大家はちょっと困ったような顔をした。

「見たところ、娘さんはあそこには住んでいないようですが？」

「ええ、可南子さんは東京のマンションに住んでいて、めったにこちらにはやってきません」

「それでも月々の家賃は払っているわけですか」

腑《ふ》に落ちない面持ちで諏訪はたずねた。

「ええ、振り込みで。なんでも、お母さんの形見の家具や何かをすぐに処分してしまうのは厭《いや》だし、かといって、東京のマンションに引き取ろうにも場所がないということで、もうしばらくこのままにしておいて欲しいと言うので、そのままにしてあるんですよ」

「しかし、あれだけの二階家を物置代わりにしているというのも、勿体《もったい》ない話ですね」

「そうなんですよ。実を言うと、益田さんが亡くなったとき、賃貸契約は終了したわけだから、あの家は返して貰いたかったんですけどね。主人があそこにはアパートでも建てた方がいいんじゃないかって言うもんだから。それに、あの家は益田さんには格安の家賃で貸していたんです」

「格安の家賃で？　それはまたどうしてです」

「なくなった母が、益田さんとは懇意にしていた関係で、益田さんに同情しましてね、それで安い家賃で貸していたんですよ」

「同情されたというと？」

「益田さんのご主人があんなことになったから——あの、やっぱり、義三さんのことで何か調べているんですか」

大家は探るような目付きで諏訪を見た。

「やっぱり？」

諏訪は言葉尻《ことばじり》をとらえて聞き返した。やっぱりとはどういう意味だ。

「いえね、前にも一度、東京の探偵社から来たという人が、義三さんについて色々聞いていったことがあったもんですから」

「それはいつです？」

「だいぶ前の話です。十年近く前になるでしょうか」

「…………」

十年以上も前に益田義三のことを調べにきた者がいた？

「あの、違うんですか。義三さんのことじゃないんですか」

「いや、そうなんですよ。その義三さんについて話を聞きたかったんです」

諏訪はそう言って微笑した。

「なんでも娘さんが高校一年のときに、女性関係が原因でうちを出られたそうですね」

「そうなんですよ。よそに女を作るような人にはとても見えなかったんですけどね。もうそれは真面目一方な人で。わたしも益田さんからそれを聞いてびっくりしました」

「義三さんのことは、益田さんから直接聞いたわけですか」

「ええ。義三さん、ある日突然いなくなってしまったんですよ。勤めていた役所の方にも無断で。奥さんの話だと、夜、身の回りのものだけ持って家を出たらしいんです。夜は、奥さんは病院の夜勤でうちにいなかったようですし、娘の可南子さんも気が付かなかったそうです。それで、行方が分からなくなって、三、四日後に、東京から手紙が来たんだそうです。それには、他に好きな女性ができて、その女性と暮らすことにしたから、自分のことは死んだと思って欲しいと書かれていたんだそうです」

「相手の女性というのは、この町の人なんですか」

「それが分からないんです。少なくとも、この町でいなくなった女性はいませんでしたから、この町の人ではなかったようです。でも、奥さんには心あたりがあるようでした。そのようなことを言っていましたから」

「それっきり、義三さんは帰ってはこなかったんですね」

「ええ。誰もあの人を見かけたという人はいませんね」

「あなたのお母さんはそのことに同情して？」

「そうなんです。看護婦の仕事をしながら、女手ひとつで娘さんを育てるのは大変だろうって――うちの母も父がなくなったあと、女手ひとつでわたしや弟たちを育てたもんですから、他人事とは思えなかったんでしょう――ふつうの相場よりもずっと安い家賃にしてあげたんです。でも、その母もなくなりましたし、益田さんもなくなったわけですから」

大家は言いにくそうに言った。

「もうあの家は返して貰ってもいいんじゃないかって、うちの主人が。正直いって、今までの家賃じゃ、その、安すぎますからね。お葬式のときに可南子さんにそう言ったんですよ。そうしたら、家賃を上げてもいいから、あの家はしばらくあのまま貸してくれないかと言い出して」

「家賃を上げてもいいから？」

諏訪はまた口をはさんだ。

「そう言ったんですか」

「ええ。そうまで言われてしまうと、無理やり、返してくれとも言えなくなって。それに、あと一、二年したら、もっと広い家に引っ越すつもりだから、そのときは母親の形見の家具なんかも全部引き取って、あの家は必ずお返しすると言うもんですから。まあ、あと一、二年ならと——」

「ところで、益田さんはなくなる直前まで看護婦の仕事をされていたわけですか」

諏訪はふとあることを思いついて、そうたずねてみた。

「いいえ。亡くなる三年くらい前から看護婦はやめていましたよ。体を壊したのを機にね。ちょうどその頃には、可南子さんの仕送りだけで十分やっていけるようになっていたようですから」

「益田さんはどうして上京しなかったんでしょうね。あの家に一人でいるよりも、娘さんと一緒に暮らした方が何かと心強いんじゃないかと思うんですがね」

「あたしもそれを言ったことがあるんですよ。看護婦もやめて、体調もよくなさそうだから、いっそ上京して可南ちゃんと一緒に暮らしたらって。でも、益田さんは笑って首を振るばかりでした。可南子の世話になって迷惑かけたくないし、東京の暮らしにはなじめそうもないからって」

「そうですか……」

「それに、こうも言ってました。できるだけ長生きして、できるだけこの家に住み続けるのがわたしが可南子にしてやれる最後のことだからって」

「可南子にしてやれる最後のこと？」

「どういう意味か知りませんけど、さびしそうに笑って、そうポツンと漏らしたことがありました」

2

「どうも腑《ふ》に落ちませんね」

木谷醸造を出て、須坂駅までの道を歩きながら、浜野が首をかしげた。

「なんで新谷可南の母親は、あの借家に住み続けることにあんなにこだわったんでしょうかね」

「うむ」

諏訪も同じことを考えていた。

できるだけ長生きして、できるだけこの家に住み続けるのがわたしが可南子にしてやれる最後のことだから……か。

あの母親の言葉の真意はどこにあるのだ。

「それに母親だけじゃない。新谷の行動もおかしいですよ。いくら、母親の形見の家具を処分したくないからって、あの家ごと借り続けるなんて。月々の家賃だって馬鹿になりませんよ。それに、彼女は南青山のマンションのローンだって、毎月払わなければならないわけでしょう。いくら売れっ子で稼ぎがあるからって、どうも納得いきませんねえ」

浜野はぶつぶつ言い続けた。

「何かよっぽどあの借家にこだわるものがあるんですかねえ。ただの古い木造の家にすぎないじゃないですか」

借家。その家に最愛の娘と別れてまで住み続けることにこだわった母。その母が亡くなったあとも、住みもしない家に家賃を払い続ける娘。ある日、突然、失踪《しっそう》した父親。誰に頼まれたのか、その父親について調べにきたという探偵社の人間。

十年以上も前に失踪した父親を誰も見ていないという……。

まさか――

諏訪の頭にある黒い想念が稲妻のようによぎった。

「おい、戻るぞ」

一声言うなり、諏訪はくるりときびすを返した。

「え。戻るって」

浜野はびっくりしたように立ち止まった。

「さっきの大家のところだ」

そう言い捨てると、諏訪は足早に来た道を引き返しはじめた。

3

シャワー室から出てきたとき、リビングの電話が鳴っていた。

可南はバスタオルで髪を拭《ふ》きながら、受話器を取った。

「もしもし」

「可南さん？　ぼくだ」

辻井秀之の自信に満ちた声だった。

「あ……」

「突然だけど、今週の土曜日、何か予定ある？」

「土曜日？」

「土曜の夜だけど」

「土曜日の夜は――」

可南は頭の中でスケジュール表を思い描いた。昼間は、行きつけの美容院に予約をいれていた。夜は——ああ、そうだ。思い出して軽く舌うちをした。夜は、脇坂一郎と食事をする予定になっていた。

どうしようか、と迷った末、

「夜なら空いてるわ」

と言っている自分の顔を壁にかかった鏡で見ていた。

無表情で仮面のような冷たい顔をしていた。

たとえ予定があると答えても、辻井はいつものソフトな強引さとでもいうべき力で、可南の予定を自分に都合の良いように変えてしまうだろう。そして、可南は自分がそれに逆らえないことも知っていた。

「そうか。それはよかった。おやじがね、うちで家族だけの夕食会を開きたいと言い出したんだ。いつもの気まぐれさ。夕方の六時からだけど」

いつもの気まぐれはお父さんじゃなくて、あなたのことでしょう。お父さんを動かして、あなたが段取りしたくせに。可南は心のなかでつぶやいた。

「喜んでうかがうわ」

「そのときに、式の日取りとか仲人とか具体的な話をしよう」

「ええ」

「じゃ、土曜の夜に。楽しみにしているよ」

「あたしも」

「ああ」

満足そうな含み笑いとともに、辻井からの電話が切れた。

可南は受話器を置くと、鏡に映った自分をもう一度見詰めた。

口元にへばりついたような笑みが拭《ぬぐ》ったように消えて、もとの無表情に戻っていた。

また脇坂君には断りの電話をいれなくちゃならないな。

そう思うと、ゆううつになって、溜息《ためいき》をひとつついた。脇坂に会えないのが残念なのではなく、約束を破る言い訳を考えるのが少し億劫《おっくう》だった。

可南は裸にバスローブを羽織っただけの恰好で、冷蔵庫に行き、牛乳パックを取り出すと、パックごと、口をつけて飲んだ。こういう行儀の悪い飲み方も、辻井と結婚したらできなくなるな、と考えながら。

辻井から夕食会の招待を受けても、少しも心は浮きたたなかった。ちょうどひとつ仕事を引き受けたあとのような、軽い満足感と、これからしなければならないことに対する軽い疲労感があるだけだった。

辻井からのプロポーズを受けた夜から、三日が過ぎていた。この三日の間に可南はいっとき舞い上がりそうになった自分の気持ちがすっかり冷め切っているのに気がついていた。

三日間で、自分でもびっくりするようなスピードで辻井に対する恋がさめていた。

いや、あれは恋なんかじゃなかったのかもしれない。可南はふとそう思った。

あたしは辻井秀之に恋したのではなく、憧《あこが》れていたのだ。申し分のない育ちの良さ。高い学歴。趣味の良い服。端正な顔。スマートな身体つき。辻井がその身に備えているすべてに、可南は身もだえするほど憧れていたのだ。

あたしが持っていないものを持っている人間に、それが男であろうと女であろうと、あたしはいつも憧れ続けてきた。

辻井もその中の一人にすぎなかった。

新谷ゆきえがそうだった。脇坂一郎がそうだった時もある。脇坂に言った、「初恋の人」という言葉は嘘《うそ》でもなんでもなかった。可南はほんのいっとき、野球部のエースだった脇坂に憧れていたことがたしかにあったのだから。

　でも——

　いつのまにか、あたしは、あたしが憧れ続けていた者たちに追いついてしまった。追いつき、追い越してしまった。ある日、気が付くと、彼らを見上げていたあたしの視線は、彼らを見下ろしていた。

　可南は新谷ゆきえとはじめて会ったときのことを思い出した。突然、家に電話を貰ったときのことを。期待と憧れで胸をいっぱいにして、駅前の喫茶店で待っているという彼女に会いに行った。彼女は思った通りの女だった。可南が心に思い描く都会の色と匂《にお》いを持っていた。

　しかし、十年後、彼女に再会したとき、彼女はもう昔の彼女ではなかった。どこにでもいるようなくすんだ中年女。高校生だった可南の胸をわくわくさせたあの輝きはもうどこにもなかった。日々の生活に疲れ切って、弱々しい微笑を浮かべているただの女。

　それどころか、十年振りで再会したあの日の高校生を、眩《まぶ》しいものでも見るような目で見詰めていた女。

あの日、可南は昔彼女がつけていたような真っ赤なマニキュアをつけていた。彼女の指をちらと見ると、爪《つめ》を短く切った、ささくれだった指がそこにあった。家事と育児で荒れ果てた主婦の手以外のなにものでもない手が。

あのとき、可南の胸の中で、何かが壊れた。あたしは、もう、この人に、用がない。可南は心の中で切れ切れにそう呟いていた。

脇坂と再会したときもそうだった。このマンションの玄関のところで、脇坂は少し口を開けて、ひどく眩しいものでも見るような目で可南を見ていた。

いつのまにか、可南は階段をのぼっていた。そして、その螺旋《らせん》階段のずっと高い所から、昔、自分が見上げた人たちを見下ろしていた。

あたしはもっと高い階段を上っていくだろう。そして、いつか、あの辻井をさえ、新谷ゆきえや脇坂一郎を見下ろしたような目で見下ろす日が来るかもしれない。

辻井からプロポーズを受けた夜、可南は不覚にも涙を流した。偽りの涙ではなかった。あの光の粒を見たとき、それが自分の薬指を飾るのだと思った瞬間、自分でも思いもしなかった生暖かい液体が目の縁からとめどもなく溢《あふ》れ出た。

泣きじゃくる可南の様子を、辻井は満足そうに見詰めていた。

もし、あたしがあのときなぜ泣いたのか、その本当の理由を知ったら、辻井はあんな満足そうな微笑みを浮かべ続けていただろうか。

あのとき、あたしは養母《はは》のことを考えていたのだ。

この指環を養母に一目見せたかった。養母はどんなに喜んでくれただろう。でも、その母はもうこの世にいない。そう思った途端、涙が溢れ出てきたのだ――

また電話が鳴った。

可南は億劫《おっくう》そうに立ち上がった。脇坂かもしれないと思った。

受話器を取ると耳にあてた。

「もしもし」

「可南子さん？」

聞き覚えのある中年女性の声だった。

「わたしよ。木谷です」

「大家さん？」

可南は少し驚いてそう言った。

須坂の家の大家が今頃何の用だろう。なんとなく厭な予感がした。養母の危篤も、この大家からの電話で知らされたものだった。

「実は、ちょっと言いにくいんだけれど」

大家は口ごもりながら言った。

「なんでしょうか」

「あの家のことなんだけれどね、今週中に空けて貰えないかしら」

「今週中？」

「急を言って申し訳ないんだけれど」

「そんな。来月分の家賃をもう払いこんでしまいましたよ」

「それならあとでお返しするから」

「どうして急にそんな――」

可南は突然のことに茫然とした。寝耳に水という感じだった。

「この前の話では、あと一年くらい貸してもいいと言ってたじゃありませんか」

思わず相手をなじった。

「でも、うちにも事情があってね。やっぱり、あの家は取り壊して、あそこにアパート建てることにしたのよ――」

「そんな、今週中なんて困ります」

　可南は受話器を痛いほど握り締めていた。

「申し訳ないけど、もう待てないのよ。それに、あの家はもともとあなたのお母さんとうちの母が賃貸契約を結んだもので、契約はあなたのお母さんがなくなった時点で終了しているのよ。あなたに貸していたのは、あくまでもこちらの好意だったわけだから——」

　何が好意だ。養母が借りていたときよりも高い家賃をしっかり取っていたくせに。可南はそうどなりつけたい気持ちを必死で押えた。

「それに、あなたがあそこに住んでいるというならともかく、そうではなくて、ただの物置になっているわけでしょう?」

「…………」

「もしあなたが忙しくて来れないようなら、わたしたちで家具や何かは処分しますけど」

「いえ、それは困ります。処分したくないものもありますから」

　可南は慌てて言った。

「それなら、無理言って申し訳ないけれど、一度こちらに来て、引き取るものは引き取ってくれないかしら。あとはわたしたちでやりますから」

「わかりました」

「なるべく早く、お願いね」

「はい」

可南はしかたなくそう答えた。電話で押し問答してもしょうがない。勝手な大家の言い草にはらわたが煮えくりかえりそうだった。

大家の言う通り、養母がなくなったあとの賃貸契約はルーズなもので、ちゃんと契約書をかわしたものではなかったからだ。

電話を切ったあとで、可南は動揺した気持ちを鎮めるために、ウイスキーをストレートのままたて続けにあおった。強いウイスキーにむせて激しく咳《せ》きこんだ。

あの家を取り壊して、そのあとにアパートを建てるとなると、あそこの土が掘り起こされるだろう。土が掘り返されれば——

可南は思わず身震いした。

そうなる前になんとかしなければ。

ソファから立ち上がると、仕事部屋に行った。デスクの上の手帳を取り出して今週の予定を見た。明日以外は全部予定が入っている。須坂に行くことができるのは明日しかなかった。

明日、須坂へいこう。

暗澹《あんたん》とした思いで可南はそう決心した。

その夜、ベッドに入ってもなかなか寝付かれなかった。何度も寝返りを打ったあげく、明け方近くになって、ようやくうとうとしかけた。

可南は浅い眠りの中で夢を見た。

螺旋《らせん》階段が天に向かって渦を巻きながら続いていた。

可南は白いドレスの裾《すそ》を引きずりながら、一心不乱にその階段を上っていた。見上げると、階段のてっぺんに男が立っていた。タキシードを着て、胸に花を挿《さ》し、両手を広げて待っている。辻井のように見えた。

可南はその胸めがけて近付いていった。階段はあと一段になった。男が片手を差し延べ、可南も片手を差し出した。二人の手が触れ合おうとした瞬間、笑っていた男の顔が変わった。辻井ではなかった。男の顔には目もなければ鼻もなかった。虚ろにぽっかりと空いた二つの黒い穴と唇のなくなった剝《む》き出しの歯。

可南は悲鳴をあげた。

つかんだのは肉のこそげ落ちた白々とした骨だった。その手をつかんだ瞬間、ポキリと手首のところでそれは折れた。

その折れた手首をつかんだまま、身体がぐらりと傾いた。可南は悲鳴をあげながら、真っ逆さまに下に向かって落ちて行った。

4

厭な夢を見た――

可南は特急あさま3号の車窓にもたれながら、明け方に見た悪夢のことを思い出していた。

なんだかひどく暗示的な夢だった。悲鳴をあげて飛び起きたあと、もう一度眠ろうとしたが、まんじりともできず、しかたなく起きだして、着替えをするとマンションを出た。タクシーを拾い、上野まで行くと、上野発午前八時ちょうどの長野行きの特急に乗り込んだのだった。

睡眠不足で頭の芯《しん》が熱を帯びてじんじんしていた。食欲はなかった。出がけに牛乳を少し飲んだだけだった。これからやらなければならないことを考えると、それだけで吐き気がこみあげてきて、何も喉を通りそうになかった。

それでも、単調な列車の振動に揺られているうちに、少しうとうとした。車窓に広がる秋空は、彼女の心とは裏腹に、晴れやかに澄み渡っていた。

長野に着いたのは、午前十一時少し前だった。この駅におりたつのは、養母の葬儀以来だったが、懐かしさなど感じているゆとりはなかった。改札口を出ると、駅前の電鉄乗場へ急いだ。

電車の中でもトレンチコートの襟をたて、サングラスをかけた顔を窓の外に向けて、地元の人となるべく顔を合わせないようにした。

須坂に到着すると、駅前でタクシーを拾った。実家の前でおりると、あたりを見回しながら、玄関の鍵を開けた。中にはいると、むっとかび臭いような匂《にお》いがした。玄関の天井からは蜘蛛《くも》の巣がぶらさがっていた。

トレンチコートを脱ぎ捨てると、玄関横手の四畳半の和室に入った。ずっと物置代わりにしていた部屋だった。北向きの夏でも寒々とした部屋。段ボール箱が幾つも積み重なっている。可南は段ボールの山をひとつずつ廊下に運び出した。

昔、養母と二人でしたことを、今日は一人でしなければならなかった。

段ボール箱を全部廊下に運び出し終わったころには、額にびっしょりと汗をかいていた。可南はセーターも脱ぎ捨てると、ブラウス一枚になった。

何もなくなった茶色の畳を見詰めた。湿気を吸った古い畳は歩くとベコンとへこんだ。

可南はその部屋の真ん中にボンヤリと佇《たたず》んだまま、十三年前のあの夜のできごとを思い出していた。

あの夜、風呂場で身体についた血を洗い落としていると、玄関の戸の開く音がした。

まずいと思って、寝室へ行ってみると、血まみれの死体の前に養母が立っていた。

ぼんやりとした顔を振り向けて、養母はひとこと言った。

「あんたがやったの、可南子」

咎《とが》めている目ではなかった。悲しそうな目だった。

可南はただ頷いた。頷いたとたん、それまで隠し通してきた秘密を、堰《せき》が切れたように、養母に向かってぶちまけた。

ここ数カ月養父にされてきたこと。養母が病院の夜勤の仕事に出掛けると、それを待っていたかのように、養父が可南の部屋に忍びこんでくるようになったこと。はじめての日に、養父の口から、血のつながった娘ではないと聞かされたこと。養母に知られるのと、養父を怒らせてこの家から追い出されるのが怖くて、今までじっと我慢してきたこと。

可南は思い付くままにすべてしゃべってしまった。

養母は暗い顔で聞き終わり、「ごめんね、可南子」と言った。

「前からなんとなくおかしいって気はしてたのよ。夜勤の日はいつも機嫌が悪かったのに、このごろそうじゃなくなったから」

その夜も、なんとなく胸騒ぎがしてしょうがなかったのだと養母は言った。それで、病院のスタッフには急に具合が悪くなったということにして、早引きしてきたのだと。

「それにしても」

養母はいっときのショックがおさまると、あたりを見回して、呆れたような顔でたずねた。

「こんなに部屋を荒らして、何をするつもりだったの」

「強盗の仕業に見せ掛けようと思って」

可南は蚊の鳴くような声でそう答えた。

「馬鹿な子ね。こんなことして、警察を騙《だま》せると思ったの」

養母はかすかに笑った。あれほど暗い目をして笑う人の顔を、可南はあとにもさきにも見たことがなかった。

「なんとかしなければね……」

養母はつめたい目で夫だった男の死体を見下ろしながらつぶやいた。

「その前に早く何か着てらっしゃい」

裸のままでいた娘に、はっと気が付いたように養母はそう言った。

「そんな恰好《かっこう》をしていたら、風邪をひくじゃないの」

可南は二階に行き、部屋に脱ぎ捨てておいたパジャマを着た。

下におりてくると、養母は北向きの四畳半の畳の縁を持って、剝がそうとしていた。

「なにしてるの、お養母さん」

可南はびっくりしてたずねた。

「死体が出てこなければ、警察だって調べようがないわ」

　養母はそう言いながら、可南に手伝わせて、畳を全部あげてしまった。板敷も取り外し、表の物置にあったシャベルを持ってくると、それで床下に穴を掘りはじめた。

「お養父《とう》さんはね、女を作ってうちを出たことにするのよ。東京かどこかで暮らしているって風にね。そうすれば誰も疑いやしない」

「そこに埋めてしまうの？」

「そうよ。何年もすれば骨になってしまうわ」

「でも、ここは借家でしょう？」

「だいじょうぶよ。大家さんとは仲良しだから、母さんが頼みこんで、死ぬまでここに住めるようにするから。可南子は何も心配しなくていいのよ」

　養母は優しい声でそう言った。

　養父の死体をその北向きの和室に埋めてしまうと、養母と可南は再び畳をかぶせて元通りにした。

　寝室や廊下に付いた血のあとを雑巾《ぞうきん》で奇麗に拭き取り、血をたっぷり吸いこんだ布団を、「燃やすと煙で近所に怪しまれるからね」という養母の言葉にしたがって、丹念に鋏《はさみ》で細かく切り裂き、綿と布きれの山にして幾つものゴミ袋に詰め終えたときには、既に夜が明けていた。

可南は一睡もせずに、翌朝、何食わぬ顔で学校へ行った。

「夫は女を作って家を出てしまった」

養母が大家をはじめ、近所の人にそれとなくばらまいた噂は、日がたつにつれて、周囲に浸透していった。

可南自身、あの夜のできごとは悪い夢かなにかで、養父は本当に女を作って家を出たのではないかと錯覚しそうになるほどに、養母は夫に裏切られた哀れな妻の役を完《かん》璧《ぺき》に演じていた。

可南が養父を殺す動機を持っていたことを知っている者は誰もいなかった。

たった一人を除いては。

それが新谷ゆきえだった。新谷ゆきえは須坂に来て、可南と会ったあと、探偵社に勤めていた友人の手を借りて、養父のことを調べはじめたのだ。

ゆきえは益田義三の突然の失踪に疑惑の念をいだいたらしかった。しかし、探偵社の友人の報告によれば、義三の失踪に怪しい点はあっても、それが殺人に結び付くだけの決定的な証拠は得られなかったらしい。

ゆきえは疑惑を抱きながらも、そのうち、日々の暮らしに追われて、この地方の女子高校生とその養父のことは次第に忘れていった。ただ、それをゆきえは日記に残していた。

それから十三年もたって、ゆきえの死後、その夫である高杉久雄が、たまたま手にした亡妻の日記の中から、妻が昔、地方に住んでいたある女子高校生を養父殺しの罪で疑っていたこと、しかも、その女子高校生が上京して、「新谷可南」と名乗る売れっ子作家になっていたことを知ってしまった。

可南は脇坂から手に入れたリストを使って、最後に高杉久雄をさがしあてた。犯行の前の晩、あの土曜の夜、電話で高杉と話した。自分の正体が知れたことで、高杉は少しうろたえたようだが、すぐに開きなおったように、自分が恐喝者であると認めた。

十月十六日、日曜の夜に自宅で金とゆきえの日記を交換しようと言い出したのは、高杉の方だった。なぜ、高杉が自宅を取引の場所に選んだのかは分からない。おそらく、外で会えば、何かと人目があるから、ゆっくり金を確かめることもできないと思ったのかもしれない。同居している娘に知られてもいいのかと聞くと、高杉は、娘は睡眠薬を使って早めに寝かせてしまうから心配ないとまで言った。

これを聞いたとき、可南の中でまだ迷っていた決心がついた。とりあえず、金だけ渡して、ゆきえの日記を手にいれるのが先決だと思っていたが、高杉のこの言葉を聞いたとき、これは恐喝者を葬り去る千載一遇のチャンスだと思った。

そして、日曜の夜、車を使って田無まで行った。車は高杉の家から少し離れたところに停めた。家の前まで乗入れて、人目につくのを恐れたのだ。車をおりると、高杉の家まで歩いて行った。それがちょうど九時ころだった。

紙袋に詰めた金を見せると、高杉は目の色を変えてそれを数えはじめた。その間に、可南はトイレを借りる振りをして、勝手口に回ると、勝手口の戸の錠をはずしておいた。あとでそこから忍びこむために。

高杉からゆきえの日記をすべて買い取ると、それを持って高杉邸を出た。車の所まで行き、あとは車の中で夜が更けるのを待った。

時刻が午前二時近くになるまで辛抱強く待つと、可南は次の行動に移った。再び高杉邸に向かった。見上げると、家人が寝静まったことを示すように、家の明かりはすべて消えていた。

手袋をつけ、勝手口に回ると、そっとノブを回した。戸はなんなく開いた。高杉はここの錠がはずされていたのに気付かぬまま、寝てしまったらしい。

足音を忍ばせて台所に入った。出刃包丁を取り出すと、それを持って、寝室を探した。奥の和室らしきふすまからいびきの音が聞こえてきた。

このとき、可南は養父を刺した夜を思い出していた。時折、夜風が唸《うな》る、こんな秋の夜だった。包丁を持って忍び足でいびきの音のするふすまに近付いていった……。

可南の足がとまった。そうだ。あのときのように衣服は全部脱いだ方がいい。そうすれば返り血を浴びても、シャワーで洗い流してしまえる。衣服を汚さなくてもすむ。

可南は着ていたものを脱ぎはじめた。裸になると、ふすまをそろりと開けた。

高杉久雄は口を開けて寝ていた。熟睡しているように見えた。その無防備な顔が十三年前の養父の顔を思い出させた。

あとはあのときと全く同じだった。

違うのは、高杉を刺し殺したあと、さきほど渡した金を取り返すためにあちこちを探したことだけだった。どうせ強盗の仕業に見せ掛けるために部屋を荒らす必要もあった。金は書斎の机の一番下の引き出しに入っていた。

それを見付け出すと、可南は浴室に行って、身体に浴びた血を洗い流した。二階からは全く物音はしなかった。娘のいずみは睡眠薬を飲まされて昏睡《こんすい》しているようだった。

浴室から出ると衣類を素早く身につけ、金を入れた紙袋を持って勝手口から忍び出た。あとは車に飛び乗って、南青山のマンションまで戻ればよかった——

そのとき、突然、鳴り響いた電話の音が、可南を回想の淵から引き上げた。

玄関の靴箱の上に置かれた旧式の黒電話が鳴っている。

誰だろう。

一瞬、出るか出ないか迷った。凍《こご》えたような目で電話を見詰めていたが、電話は鳴りやむ気配がない。

可南はしかたなく電話機に近付くと、受話器を取った。

「もしもし……？」

おそるおそる呼び掛けた。返事はなかった。すぐに電話は切れた。

可南は受話器を耳からはずして、しばらく見詰めていた。

なんだろう。間違い電話？

考えこみながら受話器を元に戻した。

ぼんやりはしていられない。

今の電話が行動の合図ででもあったように、可南は動きはじめた。畳を一枚ずつはがすと、それを廊下に出した。板敷も取り外してから、いったん表に出て、物置のシャベルを持ってきた。

それで床下を掘り始めた。一心不乱に掘っていると、やがて、シャベルの先が何か硬いものにコツンと当たったような感触があった。あとは夢中だった。両手を使って土を掻き出した。土の中からそれが出てきた。すっかり肉が落ち、黄色みを帯びた骨になったそれが——

養父のしゃれこうべが無念そうに目玉のなくなった虚ろな目で、可南を見上げていた。

これをどうしよう。掘り返してはみたものの、殆《ほとん》ど途方に暮れてしまった。空のボストンバッグを持ってきたが、これに全部おさまるだろうか。これに入れて、とりあえず東京に持って帰ろうと思った。とにかくこの家からこれを運び出すことが先決だ。

おさまらなければ、このシャベルで砕いても——

そう思ったとき、口から心臓が飛び出しそうになった。

玄関のチャイムが鳴ったのだ。

誰？

可南は凍りついたように身を硬くしていた。セールスか何かかもしれない。出て行かなければ、あきらめて帰るだろう。

チャイムは続けて鳴ったが、可南はじっと息を殺していた。誰も出てこないのであきらめて帰ったのか、やっと静かになった。

可南はほっとして、身体中の力を抜いた。土の中のしゃれこうべを取り出すと、それを口を開けたボストンバッグに入れた。首から下の骨はシャベルで砕いて小さくすると、拾い集めて、全部バッグの中に入れた。

養父は小柄な人だった。骨は全部ボストンバッグの中に収まった。

掻き出した土をまたシャベルで元に戻し、板敷を並べ、畳を一枚ずつはめこんだ。四畳半は元通りになった。廊下に出しておいた段ボール箱をまた部屋の中に移した。

これだけのことをし終わると、可南はほっとして、額の汗を拭った。

これで良い。あとはこのボストンバッグの中の骨をどこかで処分してしまえばいい。

そうすれば、もうどこにも証拠はなくなってしまう。

安堵《あんど》と疲労とで、半ばよろめきながら、洗面所に行くと、洗面台の鏡に顔を映した。化粧は剝げ落ち、額にも頰にも泥がついていた。白いブラウスも泥だらけだった。両手を見れば十本の指の爪《つめ》には真っ黒に泥が詰まっていた。

「ひどい顔。まるで泥の中を転げまわったみたいじゃないの」

可南は自分の顔を見て笑い出した。神経のどこかが狂ったようになって、なかなか笑いが止まらなかった。涙を流して笑ったあとで、急に胸がむかついてきて、洗面台につかまって、胃の中のものを吐いた。何も食べていなかったので、茶色い胃液しか出てこなかった。

胃袋まで吐き出しそうな苦しい嘔吐《おうと》の発作がようやくおさまると、可南はぐったりして肩で息をした。

少し気分が落ち着くと、手を洗い、顔を洗った。ブラウスの泥を払って、まくりあげていた袖をおろした頃には、身体の震えも止まっていた。

これで何もかもが終わった。もう誰もあたしをつかまえに来る者はいない。

可南は乱れた髪を整えながら、鏡の自分に向けてそう言い聞かせた。

洗面所を出ると、脱いでおいたセーターをすっぽり被り、さらにトレンチコートを上に羽織った。

ボストンバッグのチャックを閉めた。持ち上げると、カラカラと骨が擦れあって鳴るような音がした。思ったよりも軽かった。それを提げて玄関の所まで来た。

疲労困憊《こんぱい》していたが、不思議に気持ちは晴れ晴れとしていた。ちょうど徹夜で原稿を書き上げたときのような爽快《そうかい》な気持ちだった。あがりかまちに腰をおろして靴をはいた。

ボストンバッグを持ち上げると、玄関の戸をそろそろと開けた。

まばゆい光が射し込んだ。

外に出て、ボストンバッグをいったんおろすと、トレンチコートのポケットに入れておいた鍵を取り出した。閉めた戸の錠前に差し込んでそれを回した。

さようなら、あたしの家。あたしの悪夢。永久にさようなら。

可南は家に向かって声には出さずにつぶやいた。

もう二度とここには戻らない。

東京の大学に受かって、上京する朝、養母はここに立って、あたしを見送ってくれた。振り向くと、養母はいつまでもいつまでもここに立ち尽くしていたっけ。

養母《かあ》さん。今まであたしを守ってくれてありがとう。

一人で寂しかったでしょう。でも、これからはずっとあたしと一緒だよ。

可南は歩き出した。

目の前にすがすがしい秋の空がひろがっていた。寝不足と疲労で充血した目に、空の青さが痛いほど染みた。

青い空はどこまでも続いていた。それは、十六の頃、あの駅前の喫茶店で見た空と同じ色をしていた。

あのとき、あたしはあの空の果てにあるものに憧れていた。それが何であるかは分からなかったけれど、漠然と、しかし激しく憧れていた。そして、今その憧れていたものをつかみつつある……。

まばゆい光に可南は目を細めた。そして、サングラスを取り出すと、それをかけ、軽快な足取りで歩き出した。

その後ろ姿を、通りの物陰からじっと見詰めていた二人の男の影があった。

一人は中年の銀縁の眼鏡をかけた男で、紺色のいささかくたびれかけたレインコートを着ていた。もう一人は、体格の良い若い男で、革のジャンパーを着ている。

二人は互いの顔を見合って頷いた。

中年男の方が足早にトレンチコートの女の後ろ姿に近付いて行った。

「新谷さん」

男が声をかけた。

女の足が止まった。

そして、ゆっくりと振り向いた。

5

「あれ、起きてていいんですか」

入ってくるなり、浜野啓介はそう言った。

諏訪重良は自宅の縁台に腰掛けて、夜の庭を見ながら煙草を喫っていた。

「なんだ、来てたのか」

諏訪は振り返るとかすかに笑った。暗い庭に煙草の火だけがポツンと赤く灯っている。

「風邪って聞いてたけど」

「ただの鼻風邪だよ。たいしたことない」

諏訪は鼻をぐすんと言わせた。

「今そこんところで順子ちゃんとでくわしたんですが、血相変えて走っていきましたよ。何かあったんですか」

浜野は玄関の方を振り返りながら言った。

「芋だよ」

「芋？」

「焼芋屋の声聞いたら、鉄砲玉みたいにすっ飛んでいった」

「なんだ、焼芋か。ただごとじゃない顔して飛び出して行ったから、おやっさんの容体が急変して医者でも呼びに行ったのかと思いましたよ」

「そんな親思いの娘だったら心強いんだが。あれが血相変えて走るのは、アイドル歌手か、焼芋屋の車追っ掛けるときくらいだ」

諏訪は煙草の喫いさしをサンダルで揉《も》み消しながら苦笑した。

「これ一応、お見舞い」

浜野は手に持っていた包みを差し出した。

「なんだ？」

諏訪はちらと包みを見た。

「バナナ」

「バナナか」

諏訪は鼻を鳴らした。

「いらないなら持って帰りますよ」

浜野は気を悪くしたように包みを取り上げた。

「いらないとは言ってない。しかしなあ、病気見舞いに今時バナナはないだろう、バナナは」

「それじゃ、何持ってくればいいんですか」

浜野は口をとがらせた。

「メロンとか」

「バナナの方が栄養あるんですよ」

「それに安いしな」

「…………」

「食べるよ。食べりゃいいんだろ」

諏訪は、浜野のご機嫌を取るように、慌てて包みを開けて一本引き千切った。

「そんな喧嘩《けんか》ごしで食べなくても」

浜野は諏訪の隣に腰掛けると、ぶつぶつ言いながら、自分も一本引き千切った。

しばらく二人とも無言でバナナを食べていたが、

「南武グループの若社長が婚約したそうです」

浜野がポツンと言った。

「婚約って——誰と？」

諏訪はバナナを喉《のど》につまらせたような顔で浜野を見た。

「さあ。どこかの社長令嬢か何かみたいですね。スポーツ紙にデカデカと載ってました」

「しかし、あの若社長は新谷と——」

「でも、彼女があんなことになって、マスコミが騒いだでしょ。それで、あの女とは関係ないってことを示すために、他の女との婚約を急いだんじゃないですか」

浜野は苦いものでも飲み込むような顔で言った。

「関係ない、か」

諏訪は急に食べる気がしなくなったというように、手元のバナナを見詰めながらつぶやいた。

「あの事件からまだ一ヶ月もたっていないのにな」

「あそこの会長にしてみれば、あの女と息子との結婚ははじめから乗り気じゃなかったみたいだから、こうなったのをむしろ喜んでるんじゃないですか」

「そんなもんかね」

「それにしても、あの女、案外アッサリ落ちましたね。まあ、ボストンバッグの中に養父の白骨を入れてたんじゃ、申し開きの余地もありませんが」

「うむ」

「でも驚きましたよ。須坂の借家に十三年前に失踪したはずの父親の死体が隠されているんじゃないかって、おやっさんが言い出したときには」

浜野は思い出すような目で諏訪を見た。

「確信があったわけではなかったが、ふとそんな気がしたんだ。新谷にしても、新谷の母親にしても、あそこまであの借家にこだわったのは、あそこに何か隠したんじゃないかって気がしたんだよ。人目に触れてはまずい何かをだ。しかも、父親の失踪にはどうも腑に落ちないものがある。それで、もしかしたらってな。十三年も周囲に気付かれなかったところを見ると、それは、庭か、床下にでも埋められているんじゃないかとな――」

「それで、あの木谷という大家に頼んで、あんな電話を新谷にかけてもらったというわけですね。ああいえば、もし父親の死体をあの家のどこかに隠していたとしたら、必ず、彼女はそれを処分しに来るはずだとにらんで。まんまとあの女、引っ掛かりましたね。おれたちがあそこで張り込んでいたのも知らないで」

「騙《だま》し討ちみたいで、あまり後味の良いやり方ではなかったけどな」

諏訪は苦い表情で言った。

「しかし、こうなってみると、なんだかあの女も可哀そうな気がしてきますね。玉の輿《こし》に乗りたい一心で、高杉を殺したって言うんだから。ところが、当の婚約者は面会に来るどころか、さっさと婚約を解消して別の女と婚約してしまったんですからね。

もし、あの若社長との結婚をあきらめていれば、あの女だって高杉を殺すことまではしなかっただろうし、そうすれば、十三年前の養父殺しだって、時効が成立するまで発覚しなかったかもしれない。あと二年だったんですよ、時効まで」

「刑事が残念そうにそんなことを言うんじゃないよ」

諏訪はじろりと浜野を見て釘《くぎ》をさした。

「あ、はい」

浜野は頭を掻いた。

「でも、あの女、取り調べには拍子抜けするほど素直だったし、養父にしても、高杉にしても、被害者側にだって、まったく非がなかったわけじゃありませんからね」

「だからと言って、人殺しが許されていいわけがない」

「もちろんそうですよ。それはそうです。でもねえ——」

浜野はそう言って言葉を濁した。

「ただ、あの女、最後に『こうなって、ほっとした』って言ってただろう」

諏訪は浜野の方は見ないで、暗い庭を見ながら言った。

「ああ、そう言えば、そんなことを言ってましたね。あれはどういう意味だったんでしょうかね。何もかも失った女の、たんなる負け惜しみですかね」

「負け惜しみだとは思えないな。たぶん、養父の死体をあの家の床下に隠し続けてきた間、ずっと不安と恐れを感じていたんだろうな。あれが発覚するときのことを想像してさ。いずれ掘り出して処分しなくちゃいけないと思いながら、それをするのが厭で一日延ばしにしてきたんだろう。それが、あんな形で、すべてが明るみに出てしまった。絶望したと同時にほっとしたんだよ、あの女も」

「あの女も？」

浜野は怪訝《けげん》そうな顔で聞き返した。

「いや、あの女は、さ」

諏訪はすぐにそう言い直した。

「そうですね。そんなとこかもしれませんね。そういえば、どん底まで落ちてしまった人間特有の、妙にさばさばした顔してましたね、あの女」

「ああ」

「さてと――」

浜野は腰をあげた。

「なんだ、もう帰るのか」

諏訪は立ち上がった浜野を見上げた。

「ええ。たまには早く帰ってやらないと」

そう言って照れたように笑った。浜野は今年の五月に結婚したばかりだった。

「そうだな。大事にしないと、貰ったばかりのカミさんに逃げられるからな」

「縁起でもないこと言わないでくださいよ」

「たまには土産でも買って帰れよ」

「そうだなあ。何がいいですかね」

「バナナなんかいいんじゃないのか」

「帰ります」

浜野はプンプンして出て行った。

表のドアの閉まる音がした。

諏訪はカーディガンを羽織った背中を丸めるようにして縁台に座っていた。

夜の庭には、なくなった妻が丹精して育てた庭木があった。春になると小さな白い花を咲かせるその木の名前を諏訪は知らない。ただその苗木を植えたときのことはおぼえている。

十三年前、諏訪が誤って射殺してしまった男の娘を養女にしようと決めたとき、妻がその苗木を植えたのだ。諏訪が名前を知らないその苗木はすくすくと育って、十三年がいつのまにかたっていた。

十三年か。

諏訪は口に出してつぶやいてみた。

それは奇しくも、新谷可南が養父の死体をあの家の床下に埋めていた年月と同じだった。

諏訪には、なぜか新谷可南の気持ちが分かるような気がした。すべての供述を終え、不思議に穏やかな目をして、「こうなって、ほっとしました」と言ったあの女の気持ちが。

絶望の果てにくるのは、あきらめにも似た安堵《あんど》の気持ちなのかもしれない。

諏訪にも、隠し続けている秘密がある。この十三年の間、いずれ言おうと思いながら、どうしても切り出せなかったことがあった。それは、順子の実父のことだ。順子の実父がなぜ死んだのか。その死を彼にもたらしたのは誰なのか。

それをいつか、順子に聞かれる前に、きちんと自分の口から話さなければならない。「そのときがきたら、あたしも一緒にいるから」と言ってくれた妻はもうこの世にはいない。

新谷可南が十三年前に埋めたものをたった独りで掘り出さなければならなかったように、諏訪もその話を独りで順子に伝えなければならなかった。

今夜にしようか。

まだ微熱があるのに起き出して、夜の庭を見詰めていたのは、まだ迷っている自分の気持ちにふんぎりをつけるためだった。

今夜、話そう。なにもかも。

そんな決心が諏訪の心のなかでようやく固まったときだった。

表のドアが開く音がして、順子の明るい声がした。

あとがき

本作は、一九九五年にカドカワノベルズとして初版発行されたものです。その後、再版もなく、文庫化もされず、長──く深──く埋もれていたのですが、この度《たび》、めでたく中公文庫として甦ることになりました。

しかし、十五年は長い。出版社から送られてきたゲラを読んでいるうちに、めまいがして頭を抱えてしまった。直したい箇所が多すぎて、チョコチョコ手を入れるより、いっそ、最初から書き直した方が早いような気分になりました。頑張って直しましたけど。

「少女Aの殺人」というシンプルすぎるタイトルですが、最初は違うタイトルだったのです。「殺人」という言葉を入れてくれという当時の編集部からの要望で、このタイトルに決まりました。文庫化にあたって、元のタイトルに戻そうかなと思ったのですが、元のタイトルを奇麗に忘れてしまったので、そのままにしました。

ところで、このお話、なぜか年月日のうち、年の部分が全く出て来ない。一体、何年の頃の話なんだろう、と他人事のように気になって（十五年もたてば、他人のモノを読むような感じになる）曜日から調べてみたら、一九九四年、平成六年でした。あえて書く必要もないので、書き加えませんでした。

長野新幹線が出てこないのも、登場人物がワープロ（既に、製造中止になったらしい。涙）を使っているのも、まあ、そういう時代だったということで。書いたのは平成になってからですが、「行間から漂う昭和臭」をタップリとお楽しみ下さい。

二〇一〇年六月吉日

今邑　彩

『少女Aの殺人』　一九九五年一月　カドカワノベルズ（角川書店）

JASRAC 出 1007519-106

中公文庫

少女A《しょうじょエー》の殺人《さつじん》

2010年7月25日 初版発行
2011年3月15日 6刷発行

著 者 今邑《いまむら》 彩《あや》

発行者 浅海 保

発行所 中央公論新社
〒104-8320 東京都中央区京橋2-8-7
電話 販売 03-3563-1431 編集 03-3563-3692
URL http://www.chuko.co.jp/

印 刷 三晃印刷

製 本 小泉製本

Published by CHUOKORON-SHINSHA, INC.
Printed in Japan ISBN978-4-12-205338-0 C1193

中公文庫既刊より

各書目の下段の数字はISBNコードです。978-4-12が省略してあります。

い-74-5
つきまとわれて　今邑彩
別れたつもりでも、細い糸が繋がっている。ハイミスの姉が結婚をためらう理由は別れた男からの嫌がらせだった。表題作の他八編の短編集。〈解説〉千街晶之
204654-2

い-74-6
ルームメイト　今邑彩
失踪したルームメイトを追ううち、二重、三重生活を知る春海。彼女は、名前、化粧、嗜好までも変えて暮らしていた。呆然とする春海の前にルームメイトの死体が？
204679-5

い-74-7
そして誰もいなくなる　今邑彩
名門女子校演劇部によるクリスティー劇の上演中、連続殺人は幕を開けた。台本通りの順序と手段で殺される部員たち。真犯人はどこに？　戦慄の本格ミステリー。
205261-1

い-74-9
七人の中にいる　今邑彩
ペンションオーナーの晶子のもとに、二十一年前に起きた医者一家虐殺事件の復讐予告が届く。常連客のなかに殺人者が⁉　家族を守ることはできるのか。
205364-9

い-74-10
i《アイ》　鏡に消えた殺人者　警視庁捜査一課・貴島柊志　今邑彩
新人作家の殺害現場には、鏡に向かって消える足跡の血痕が。遺された原稿には、「鏡」にまつわる作家自身の恐怖が自伝的小説として書かれていた。傑作本格ミステリ。
205408-0

あ-61-1
汝の名　明野照葉
男は使い捨て、ひきこもりの妹さえ利用する――あらゆる手段で、人生の逆転を賭けて「勝ち組」を目指す、麻生陶子33歳！　現代社会を生き抜く女たちの「戦い」と「狂気」を描くサスペンス。
204873-7

あ-61-2
骨肉　明野照葉
それぞれの生活を送る稲本三姉妹。そんな娘たちの目の前に、ある日、老父が隠し子を連れてきた！　家族関係の異変をユーモラスに描いた傑作。〈解説〉西上心太
204912-3

コード	タイトル	シリーズ/サブ	著者	内容紹介	ISBN
あ-61-3	聖域	調査員・森山環	明野照葉	「産みたくない」と、突然言いだした妊婦。最近まで、生まれてくる子供との生活を楽しみにしていた彼女に、何があったのか……。文庫書き下ろし。	205004-4
あ-61-4	冷ややかな肌		明野照葉	外食産業での成功、完璧な夫。全てを手にしながらも、異様に存在感の希薄な女性取締役の秘密とは? 女性の闇を描いてきた著者渾身の書き下ろしサスペンス。	205374-8
こ-40-7	慎治		今野 敏	同級生の執拗ないじめで、万引きを犯し、自殺まで思い詰める慎治。それを目撃した担当教師は彼を見知らぬ新しい世界に誘う。今、慎治の再生が始まる!	204900-0
こ-40-13	陰陽	祓師・鬼龍光一	今野 敏	連続婦女暴行事件を追う富野刑事は、不思議な力を駆使する鬼龍光一とともに真相へ迫る。警察小説と伝奇小説が合体した好シリーズ第一弾。〈解説〉細谷正充	205210-9
こ-40-14	憑き物	祓師・鬼龍光一	今野 敏	若い男女が狂ったように殺し合う殺人事件が続発。現場には必ず「六芒星」のマークが遺されていた。恐るべき企みの真相に、富野・鬼龍のコンビが迫る!	205236-9
こ-40-15	膠着		今野 敏	老舗の糊メーカーが社運をかけた新製品は「くっつかない接着剤」!? 新人営業マン丸橋啓太は商品化すべく知恵を振り絞る。サラリーマン応援小説。	205263-5
こ-40-16	切り札	トランプ・フォース	今野 敏	対テロ国際特殊部隊「トランプ・フォース」に加わった元商社マン、佐竹竜。なぜ、いかにして彼はその生き方を選んだか。男の覚悟を描く重量級バトル・アクション第一弾。	205351-9
こ-40-17	戦場	トランプ・フォース	今野 敏	中央アメリカの軍事国家・マヌエリアで、日本商社の支社長が誘拐された。トランプ・フォースが救出に向かうが密林の奥には思わぬ陰謀が!? シリーズ第二弾。	205361-8

各書目の下段の数字はISBNコードです。978-4-12が省略してあります。

に-18-1
聯《れん》愁《しゅう》殺《さつ》
西澤保彦
なぜ私は狙われたのか？　連続無差別殺人事件の唯一の生存者、梢絵は真相の究明を推理集団〈恋謎会〉にゆだねるが……。ロジックの名手が贈る、衝撃の本格ミステリ。
205363-2

に-18-2
夢は枯れ野をかけめぐる
西澤保彦
早期退職をして一人静かな余生を送る羽村祐太のもとに、なぜか不思議な相談や謎が寄せられる。老いにまつわる人間模様を本格ミステリに昇華させた名作。
205409-7

は-61-1
ブルー・ローズ（上）
馳星周
青い薔薇――それはありえない真実。優雅なセレブたちの秘密に踏み込んだ元刑事の徳永。身も心も苛む、背徳の官能の果てに見えたものとは？　新たなる馳ノワール誕生！
205206-2

は-61-2
ブルー・ローズ（下）
馳星周
すべての代償は、死で贖え！　秘密SMクラブ、公安警察との暗闘、葬り去られる殺人……。理不尽な現実に、警察組織に絶望した男の復讐が始まる。
205207-9

ほ-17-1
ジウI　警視庁特殊犯捜査係
誉田哲也
都内で人質籠城事件が発生、警視庁の捜査一課特殊犯捜査係〈SIT〉も出動するが、それは巨大な事件の序章に過ぎなかった！　警察小説に新たなる二人のヒロイン誕生!!
205082-2

ほ-17-2
ジウII　警視庁特殊急襲部隊
誉田哲也
誘拐事件は解決したかに見えたが、依然として黒幕・ジウの正体は掴めない。捜査本部で事件を追う美咲。一方、特進をはたした基子の前には謎の男が！　シリーズ第二弾
205106-5

ほ-17-3
ジウIII　新世界秩序
誉田哲也
〈新世界秩序〉を唱えるミヤジと象徴の如く佇むジウ。彼らの狙いは何なのか？　ジウを追う美咲と東は、想像を絶する基子の姿を目撃し……!?　シリーズ完結篇。
205118-8

ほ-17-4
国境事変
誉田哲也
在日朝鮮人殺人事件の捜査で対立する公安部と捜査一課の男たち。警察官の矜持と信念を胸に、銃声轟く国境の島・対馬へ向かう。〈解説〉香山二三郎
205326-7